낭송

경기도의 옛이야기

이 책은 한국학중앙연구원(www.aks.ac.kr)이 설화, 민요, 무가 등의 구비문학 자료
를 수집정리하여 출간한 '한국구비문학대계' 85권 가운데 『한국구비문학대계 1-2
경기도 여주군편』, 『한국구비문학대계 1-3 경기도 양평군편』, 『한국구비문학대계
1-5 경기도 수원시·화성군편』, 『한국구비문학대계 1-6 경기도 안성군편』, 『한국구
비문학대계 1-9 경기도 용인군편』에서 풀어 읽은이가 선별하여 내용을 추리고 낭송
에 적합하도록 윤문한 것으로, 한국학중앙연구원의 저작물 이용 허락을 받았습니다.

낭송Q시리즈 민담·설화편 **낭송 경기도의 옛이야기**

발행일 초판1쇄 2017년 3월 20일(丁酉年 癸卯月 丙午日) | **풀어 읽은이** 박효숙 |
펴낸곳 북드라망 | **펴낸이** 김현경 | **주소** 서울시 중구 청파로 464, 101-2206(중림동, 브라운스톤서울) |
전화 02-739-9918 | **이메일** bookdramang@gmail.com

ISBN 979-11-86851-50-0 04810 979-11-86851-49-4(세트) | 이 도서의 국립중앙도서관 출판시도서목
록(CIP)은 서지정보유통지원시스템 홈페이지(http://seoji.nl.go.kr)와 국가자료공동목록시스템(http://
www.nl.go.kr/kolisnet)에서 이용하실 수 있습니다.(CIP제어번호: CIP2017005512) | 이 책은 지은이와
북드라망의 독점계약에 의해 출간되었으므로 무단전재와 무단복제를 금합니다. 잘못 만들어진 책은 서점에
서 바꿔 드립니다.

책으로 여는 지혜의 인드라망, 북드라망 **www.bookdramang.com**

낭송
Q
시리즈

민담·설화편
01

낭송
경기도의 옛이야기

박효숙
풀어
읽음

터

▶낭송Q시리즈 민담·설화편 『낭송 경기도의 옛이야기』 사용설명서◀

1. '낭송Q'시리즈의 '낭송Q'는 '낭송의 달인 호모 큐라스'의 약자입니다. '큐라스'(curas)는 '케어'(care)의 어원인 라틴어로 배려, 보살핌, 관리, 집필, 치유 등의 뜻이 있습니다. '호모 큐라스'는 고전평론가 고미숙이 만든 조어로, 자기배려를 하는 사람, 즉 자신의 욕망과 호흡의 불균형을 조절하는 능력을 지닌 사람을 뜻하며, 낭송의 달인이 호모 큐라스인 까닭은 고전을 낭송함으로써 내 몸과 우주가 감응하게 하는 것이야말로 최고의 양생법이자, 자기배려이기 때문입니다(낭송의 인문학적 배경에 대해 더 궁금하신 분들은 고미숙의 『낭송의 달인 호모 큐라스』를 참고해 주십시오).

2. 낭송Q시리즈는 '낭송'을 위한 책입니다. 따라서 이 책은 꼭 소리 내어 읽어 주시고, 나아가 짧은 구절이라도 암송해 보실 때 더욱 빛을 발합니다. 머리와 입이 하나가 되어 책이 없어도 내 몸 안에서 소리가 흘러나오는 것, 그것이 바로 낭송입니다. 이를 위해 낭송Q시리즈의 책들은 모두 수십 개의 짧은 장들로 이루어져 있습니다. 암송에 도전해 볼 수 있는 분량들로 나누어 각 고전의 맛을 머리로, 몸으로 느낄 수 있도록 각 책의 '풀어 읽은이'들이 고심했습니다.

3. 최고의 양생법이자 새로운 독서법으로서의 '낭송'을 처음 세상에 알린 **낭송Q시리즈의 시즌 1**은 **동청룡·남주작·서백호·북현무편**으로 이루어져 있으며, 사계절의 기운을 담고 있는 것을 특징으로 합니다. 동청룡편에는 봄의 창조적 기운, 남주작편에는 여름의 발산력과 화려함, 서백호편에는 가을의 결단력, 북현무편에는 지혜와 상상력을 키울 수 있는 고요함을 품은 고전들이 속해 있습니다. 각 편 서두에는 판소리계 소설을, 마무리에는 네 편으로 나눈 『동의보감』을 하나씩 넣었고, 그 사이에 유교와 불교의 경전, 동아시아 최고의 명문장들을 배열했습니다.

> ▷ <u>동청룡</u>: 『낭송 춘향전』, 『낭송 논어/맹자』, 『낭송 아함경』, 『낭송 열자』, 『낭송 열하일기』, 『낭송 전습록』, 『낭송 동의보감 내경편』

> ▷ 남주작 : 『낭송 변강쇠가/적벽가』, 『낭송 금강경 외』, 『낭송 삼국지』, 『낭송 장자』, 『낭송 주자어류』, 『낭송 홍루몽』, 『낭송 동의보감 외형편』

▷ 서백호 : 「낭송 홍보전」, 「낭송 서유기」, 「낭송 선어록」, 「낭송 손자병법/오자병법」, 「낭송 이옥」, 「낭송 한비자」, 「낭송 동의보감 잡병편 (1)」

▷ 북현무 : 「낭송 토끼전/심청전」, 「낭송 도덕경/계사전」, 「낭송 대승기신론」, 「낭송 동의수세보원」, 「낭송 사기열전」, 「낭송 18세기 소품문」, 「낭송 동의보감 잡병편 (2)」

4. **낭송Q시리즈 시즌 2**의 선발주자인 **샛별편**과 원문으로 읽는 **디딤돌편**은 고전과 몸 그리고 일상이 조화를 이루는 훈련으로서의 낭송에 초점을 맞추었습니다. 샛별편에는 전통시대의 초학자들이 제일 먼저 배우며 가장 오래도록 몸과 마음에 새겨놓은 고전을 담았고, 원문으로 읽는 디딤돌편은 몸으로 원문의 리듬을 익혀 동양 고전과 자유자재로 접속할 수 있는 힘을 키울 수 있도록 했습니다.

▷ 샛별편: 「낭송 천자문/추구」, 「낭송 명심보감」, 「낭송 격몽요결」

▷ 원문으로 읽는 디딤돌편: 「낭송 대학/중용」

5. 낭송Q시리즈 **민담·설화편**은 낭송Q시리즈 시즌 2의 연장으로, 입에서 입으로 전해지는 낭송의 진수를 보여 주는 **우리나라 각 지역의 옛날이야기들을 모았습니다**. 낭송을 통해 잊혀져 가는 우리의 옛이야기를 모든 세대가 공유했으면 하는 소망과 서로 옛이야기를 들려주고, 호응하며 자연스레 소통의 방법을 터득했으면 하는 바람을 민담·설화편에 담았습니다. 또한 맛깔나고 정감 있는 각 지역의 사투리를 살려 낭송의 맛을 더했습니다. 「낭송 경기도의 옛이야기」, 「낭송 경상북도의 옛이야기」, 「낭송 경상남도의 옛이야기」, 「낭송 제주도의 옛이야기」를 필두로, 강원도·충청도·전라도의 옛이야기들이 다음 순서를 기다리고 있습니다.

6. 낭송Q시리즈 민담·설화편인 이 책 「낭송 경기도의 옛이야기」는 「한국구비문학대계」 여주군편, 양평군편, 수원시·화성군편, 안성군편, 용인군편을 대본으로 하여 풀어 읽은이가 그 편제를 새롭게 해서 각색하고 엮은 것입니다. 단, 각 이야기의 출처 지역은 행정구역의 변동 등으로 분명치 않은 곳이 있어 「한국구비문학대계」에 표기된 지역을 그대로 따랐습니다.

낭송
경기도의 옛이야기

머리말
낭송, 삶의 지혜를 배우다 10

1부
수원과 정조대왕의 효행길 19

2부
기이한 인물들 39

3부
양반도 힘들구나 71

4부
알 수 없는 신묘한 이야기 97

7부
땅에도 뜻이 있고 이름이 있다 225

낭송
경기도의
옛이야기

머리말

낭송,
삶의 지혜를 배우다

1. 구비문학이 주는 지혜

'낭송 Q시리즈 민담·설화'편은 구비문학을 텍스트로 하고 있다. 구비문학의 '구비'口碑는 '비석에 새겨진 것처럼 오래도록 전해져 온 말'을 뜻한다. 글이 아니라 말이, 그것도 오랜 시간을 거치며 이야기가 된 것이다. '말'은 어디든 간다. 마치 봇짐장수가 온 마을의 골목마다 집집마다를 돌아다니며 봇짐을 풀어놓듯이 사람이 다니는 곳이라면 말은 어디든 전해지고, 이 마을에서 저 마을로 횡단을 하고 섞이고 나누어지며 이야기가 되었다. 그래서인지 '옛날이야기'를 생각하면 화롯가에 둘러 앉아 있는 할머니와 아이들의 정겨운 모습이 떠오르기도 하고, 장터 한 모퉁이에서 갑론을박하며 전개되는 촌스럽고 투박한 옛날 사람들의 이야기판이 떠오르기도 한다. 긴 시간과 수많은 이야기판을 통해 만들어진 만큼 옛이야기에는 삶의 문제들을 해결해 가는 지혜가 담겨 있다. 그것은 이 땅이 지내 온 시간역사의 두께만큼 깊고 깊은 것이다.

나에게 이런 삶의 지혜를 제대로 느끼게 해준 것이 '박박 바가지'라는 이야기이다. "옛날 옛날에…"로 시작하는 옛이야기의 전형적인 모티브다. 할머니와 할아버지가 사는 낡은 초가집에 하루는 밤에 도둑이 들었다. 이런 집에 훔칠 것이 뭐가 있을까? 시작부터 의문이 생긴다. 그런데 이 낡은 집의 마루는 도둑이 걸을 때마다 '삐걱'거리는 소리가 난다. 이때부터 할머니와 도둑의 신경전이 벌어진다. 당연히 할머니가 주도권을 잡고 도둑은 진땀을 뺀다. 이런 도둑의 모습은 나쁜 놈이라는 생각보다는 오히려 안쓰러움을 느끼게 한다. 그 어리석음에 웃음이 터진다. 결국 도둑은 위기에 처하고 겨우 도망친다는 것이 부엌에 있는 물독 속이다. 숨은 쉬어야 하니 물바가지를 얼굴 위에 엎어 놓고 숨었다. 그런데 부엌에 들어와 물독을 본 할아버지는 바가지를 툭툭 두드려 주고는 방으로 들어간다. 마치 도둑의 힘겨운 삶을 쓰다듬어 주듯이 말이다. 이처럼 이야기는 고단한 우리 삶에서 시작한다. 그곳에는 선도 없고 악도 없다. 착한 사람의 이야기는 그에게 닥치는 고난에 안쓰럽고, 나쁜 사람은 나빠서 받게 되는 고통이 안쓰럽다. 때문에 시비를 따지는 것이 의미가 없다. 바가지를 두드리는 갈라지고 주름진 할아버지의 두터운 손길이 우리에게 전하는 삶의 지혜가 아닐까?

옛이야기가 지혜를 전하는 방법 중 하나가 바로 해학이다. 웃음이야말로 사람들이 신분의 굴레에, 가난에, 닥쳐오는 힘겨운 삶에 저항하는 방법이었다. 이야기 속에서 약자가 강자를 골탕 먹이는 순간, 우리는 잠시나마 현실의 고단함에서 벗어나는 반전을 맛보게 된다. 갓 시집온 새색시가 얼굴이 노래지도록 방귀를 뀌지 못하다 벌어지는 이야기는 시집살이의 고됨은 물론

시집살이의 부당함까지 방귀 한 방에 시원하게 날려 보내고, 양반을 골탕 먹이는 노비의 짓궂은 장난은 잠깐이나마 신분의 굴레를 벗는 해방감과 함께 그 신분제의 부당함을 함께 드러낸다. 개인의 욕망에서부터 나라의 큰일에 이르기까지 세상의 부조리를 드러내면서도 교훈적 설명이 덧붙여지지 않는다. 이미 이야기 자체에 우리가 살면서 가져야 하는 윤리나 도덕이 배어있기에 우리는 그저 웃다 보면 해학 속에 스며 있는 삶의 지혜를 스스로 터득하여 알게 되는 것이다.

2. 경기도 남부 지역의 이야기들

낭송은 또 하나의 이야기판이라 할 수 있다. 이야기판의 구연자는 듣는 사람이 어떤 이들인지, 그들의 반응이 어떤지를 살피고 공감의 정도에 따라 내용을 조금씩 달리한다. 청중들은 구연되는 내용에 이러쿵저러쿵 추임새를 넣으며 반응을 한다. 이런 공감을 통해 이야기에는 사람들이 어떤 이야기를 재미있어 하는지, 그들의 괴로움과 아픔이 무엇인지가 담겨지고 그에 대한 감응이 만들어 내는 웃음소리, 숨소리까지 더해져 있다. 『낭송 경기도의 옛이야기』에서는 이런 구연자와 청취자들이 함께 만들어 내는 이야기의 생생함을 그대로 살리는 것이 무엇보다 중요

했다. 때문에 잘 다듬어진 이야기들보다 아직 손질되지 않은 자료들을 찾아 저본으로 삼았다. 감칠맛 나는 입말을 살리고자 했고, 이야기를 소리 내어 읽어 가며 낭송의 리듬감을 살리는 데 주의를 기울였다. 그리고 무엇보다 긴 시간을 들여 고민한 것은 어떤 이야기를 선택하느냐 하는 것이었다.

이야기는 흐르고 또 머문다. 머문 곳에서는 그 지역의 특색들이 담겨지게 된다. 이 책은 경기도 남부에 속한 6개 지역에 전해지는 이야기들을 모은 것이다. 경기도 남부의 지역적 특색은 수도권에 있다는 점이다. 서울로 가는 길목에는 많은 사람들이 그리고 여러 지역의 이야기들이 모여든다. 때문에 특정 지역의 고유함을 갖고 있기보다는 다양한 지역의 다양한 이야기들이 모이고 섞여 있다. 또한 한양이라는 대도시 주변지역이다 보니 사람들의 각박한 삶을 풍자한 이야기가 많았다.

첫번째 부에서는 경기도의 중심부에 해당하는 곳인 수원과 관련된 이야기를 묶었다. 조선 정조 때 사도세자의 능을 이장하여 융릉隆陵을 만들고 화성華城을 축조하는 과정에서 왕의 행차가 한 달이면 스물아홉 번이 있을 정도로 잦았다고 한다. 그런 와중에 백성들의 생활 속에 일어난 일에 관련된 이야기들이다. 왕의 효성이 백성들을 감동시키기도 하지만 왕이 아버지의 묘를 찾을 때마다 겪게 되는 수원사람들의 고충이 담겨 있다.

두번째는 이인異人들의 이야기다. 자식을 낳으면 서울로 보내라는 말이 있듯이 이 지역은 온갖 사람들이 모여드는 곳이기도 했다. 그래서인지 경기도와 상관없는 지역의 이야기와 중국 인물들의 이야기까지도 섞여 있다. 사신이나 그들을 따라 들어온 상인들에 의해 전해진 것으로 짐작된다. 한편 이야기에 등장하는 이인들은 훌륭한 인품을 지녔거나 영웅적인 업적을 이룬 사람들이기보다는 엉성하고 어리석어 보인다. 어사 박문수도 어린 아이나 신령의 도움을 받아 문제를 해결하곤 한다. 공자와 도척의 이야기는 성리학을 주 학문으로 삼았던 양반들에 대한 신랄한 풍자를 보여 주고 있다.

세번째는 양반 혹은 양반이 되고자 하는 이들의 이야기다. 삼남지방 사람들이 한양으로 과거를 보러 가는 길목이다 보니 벼슬길의 어려움이나 그런 사람들을 속여서 벼슬 사기를 치는 자들의 이야기가 많다. 가난한 선비들의 고군분투하는 모습을 엿볼 수 있다.

그리고 넷째, 다섯째, 여섯째 부에는 인간세상의 이런저런 사는 이야기들을 담았다. 눈에 보이지 않는, 알 수 없는 신묘한 세계와 그 세계에 대한 믿음과 두려움은 사람들을 선한 삶으로 나아가게 한다. 그 삶에는 서로를 보듬기도 하고, 싸우기도 하고, 울기도 하고, 웃기도 하는 이야기들로 가득 차 있다. 시비를 가리는 지혜도 있고 부모를 생각하는 효성스러운 마음도 있다. 남에게 속아 넘어가는 어리석음도 있고, 누군가를 속이는 영악함도 있다. 더욱이 이런 이야기들 속에 박장대소하게 하는 웃음이 담겨 있어 이야기의 재미를 더욱 살려 준다.

마지막 7부는 죽음을 삶의 연장으로 보는 풍수에 대한 이야기이다. 땅의 기운은 그 흐름이 후손들의 삶으로 이어지게 되니 묘를 잘 쓰는 것은 무엇보다 중요한 일이었다. 그러니 이곳에도 사람들의 욕망이 드러난다. 묏자리를 잘 보기로 유명한 도선에게 어느 날 노인이 나타나 풍수도 상주의 내력을 알고 잡아야 한다는 가르침을 준다. 이 이야기는 풍수에 대한 가치관을 보여 주고 있다.

3. 『낭송 경기도의 옛이야기』는 이렇게

내게는 낭송과 관련된 잊지 못할 에피소드가 있다. 내가 처음 낭송을 만나게 된 것은 고전 공부를 시작하면서였다. 『논어』를 소리 맞춰 떼창을 하면서 소리 내어 책을 읽는 맛을 알게 되었다. 그러다 '낭송Q시리즈'가 출판되고, 감이당에서 낭송Q페스티벌이 열렸고 문탁네트워크의 여러 팀과 함께 결선에 나가게 되었다. 그때 나는 낭송 도중에 울컥하고 목이 메어 한참을 울먹이다 겨우 낭송을 끝내는 실수를 범했다. 함께한 친구들에게 미안했고 무엇보다 지나친 감정의 과잉을 드러낸 것이 부끄러웠다. 굳이 그때의 상황을 변명하자면 사마천이 『사기』 「열전」을 통해 하늘에 무엇이 '도道'냐고 묻는 그 순간, 나는 사마천이 되었고 청중들의 눈빛이 내 가슴으로 들어와 그 물음에 공감하고 있는 듯했다. 이후로 이 사건이 다른 사람에게 어떻게 보였는지와 상관없이 내겐 낭송이 준 짜릿한 공감의 순간으로 기억되었다.

'낭송Q시리즈 민담·설화'편의 가장 큰 의미는 옛이야기를 통해 낭송이 자연스럽게 일상 속으로 들어갈 수 있다는 점이다. 이야기가 있어야 할 곳은 우리 삶 속이다. 예나 지금이나 삶은 거칠고 팍팍하다. 벼슬에 나가기 힘들고 벼슬을 살기도 힘들고 가난은 늘 고되다. 이런 현실을 살아갈 때 우리에게 필요한 것이 바로 옛사람들이 남겨 준 함께 사는 지혜이다.

낭송이 펼쳐지는 곳에 사람들이 모이고 사람들이 모이는 곳에 낭송의 장을 펼칠 수 있다. 아무것도 필요하지 않다. 다만 암송을 통해 내 몸속에 체화된 이야기만 있으면 된다. 낭송으로 글을 읽고 글이 몸에 새겨지면 그 진정성은 자연히 공감을 만들어 낸다. 이럴 때 낭송은 바가지를 툭툭 두드려 주는 할아버지의 투박한 손길이 되어 우리 마음을 쓰다듬어 줄 것이다.

1부

수원과 정조대왕의 효행길

1-1. 화성 가는 길①—보시동

정조임금은 화성華城을 쌓고 난 다음 사람들을 들어와 살게 했
어. 그런데 화성 안에 들어와 사는 사람들이 고작 950여 호밖에
되지 않았어. 왕은 화성을 번성시킬 방법이 없을까 하고 생각했
어. 그래서 전국 팔도의 부자들을 뽑아 이자도 받지 않고 돈을
빌려 주었어. 돈을 갚을 때도 나누어 갚을 수 있게 했지. 그리고
북수동에 조그만 기와집들을 지어 사람들을 살게 했어. 그 거리
를 팔부잣집 거리라고도 하고, 넓게 베푼다고 해서 보시동이라
고도 불렀어. 정조임금은 이렇게 여러모로 사람들을 돌봐주며
수원을 번성하게 했지._수원시 교동

1-2. 화성 가는 길② ─ 불경을 범할까 봐

옛날에 임금이 행차할 때는 백성들은 엎드려서 임금을 쳐다보지도 말아야 했어. 그런데 정조임금이 수원을 자주 다니다 보니 그 길 옆에 집을 짓고 사는 사람들은 불편한 게 한두 가지가 아닌 거야. 임금이 지나가는 것도 모르고 집안에서 담뱃대를 물고 있다가 포졸에게 끌려가 곤욕을 치르기도 하고 말야. 그러자 사람들은 행랑채를 지을 때, 사랑방 툇마루를 밖에서는 볼 수 없게 들창만 남겨 놓고 막아 버렸어. 툇마루에 무심코 앉았다가 불경을 범할까 봐서였지. 결국 정조임금의 잦은 행차가 가옥 구조까지 바꿨다는 얘기야._수원시 교동

1-3. 볶은 콩과 송충이

정조임금이 융릉隆陵: 정조의 아버지 사도세자의 무덤과 건릉健陵: 정조 자신의 뒷자리로 미리 마련했던 무덤에 묏자리를 쓰고 능산을 만들었어. 옹이가 없는 곳은 소나무를 키우기 위해 사람들이 능산에 들어가는 것을 금지시켰지.

어느 해인가 흉년이 들자 배고픈 백성들이 소나무를 꺾어 송진을 먹기 시작했어. 급기야 능산에까지 들어가게 됐지. 사람들이 능산에 들어가자 소나무가 자꾸 망가지는 거야. 그렇다고 굶주린 백성들을 벌할 수도 없고. 그래서 정조임금은 주머니에 볶은 콩을 넣어 소나무에 달아 두게 했어. '소나무를 꺾어 송진을 먹지 말고 콩을 먹고 물을 마시라'는 뜻이지. 그렇게 능산을 가꾸느라 애를 썼대.

하루는 정조임금이 능산에 가 봤더니 소나무 숲에 송충이가 많이 생겨 나무를 갉아먹고 있는 거야. 그러자 정조임금이 송충이 세 마리를 깨물어 삼키면서 말했어.

"너희가 아무리 미물일망정 어찌 아버지의 묘를 위해 정성스럽게 가꾸는 이 소나무를 갉아먹는단 말이냐?"

그런 이후로 소나무 숲에 송충이가 모두 사라졌다고 해. 한낱 미물인 송충이마저도 임금의 효심에 감복한 거지._수원시 교동

1-4. 아버지의 묘① — 융릉, 건릉 그리고 용주사

정조가 임금이 되어 여주에 있는 아버지의 묘를 옮기려고 했어. "묘가 100리가 넘으면 영혼이 다니지 못한다"고 하는데 궁에서 묘까지 거리가 100리가 넘었거든. 그래서 유명한 지관地官: 풍수설에 따라 집터나 묏자리의 좋고 나쁨을 가려내는 사람 박상희와 함께 새로운 능자리를 찾아 다녔어. 이곳저곳을 둘러보다가 한강 나루를 건너 과천으로 가는 길에 산꼭대기에서 장례를 지내고 있는 것이 보였어.

임금은 지관 박상희에게 말했어.

"저기 묏자리가 어떤지 한번 가 보세."

그곳엘 올라가 살펴본 박상희가 말했어.

"한 길만 올리면 좋은 자리인데 내려 쓴 것이 이상합니다."

임금은 상주를 불러 물었어.

"왜 이리 내려 썼느냐? 한 길만 올려 쓰거라."

"그럴 수 없습니다. 제가 머슴살이를 하여 어머니를 봉양하였으나 그만 돌아가시고 말았습니다. 남은 돈이 없어 동네 사람들의 도움으로 겨우 산소를 쓰는 것인데 어찌 또 한 길을 올려 쓴다 하겠습니까?"

정조임금은 상주의 효심에 감동하여 쌀 열 가마니에 베 스무 필을 하사했어. 그런 후 머슴의 묏자리를 써 준 지관을 불렀어.

"한 길을 올리면 더 좋은 자리인데 어찌하여 여기다 묘를 썼느냐?"

지관이 웃으며 말했어.

"아뢰옵기 황송하오나, 이 자리는 금시발복今時發福: 어떤 일을 한 뒤에 이내 복이 돌아와 부귀를 누리게 됨의 자리옵니다."

정조임금이 상주에게 내린 쌀과 베를 생각해 보니, 미리 알고 묘를 써 준 이 지관도 대단하거든. 그래서 이 지관도 새 묏자리를 찾는 데 함께 다니게 했어.

두루두루 다닌 끝에 수원 화성에 사도세자의 능을 정하고 자신의 묏자리는 지금의 용주사가 있는 자리로 정하려 했는데, 그때 두 지관이 임금을 말리며 말했어.

"이 자리는 효자가 많이 날 자리이온데, 효자가 극심하게 많아지면 부모를 모시느라 정치를 소홀히 해서 나라가 어지럽게 될 자리입니다."

"그러면 어디로 정하는 것이 좋겠느냐?"

"저 위 신라 시대의 암자가 있는 자리가 좋습니다."

그리하여 정조임금의 묏자리가 정해지게 되었고 용주사龍珠寺
는 지금의 자리에 짓게 되었어._수원시 교동

1-5. 아버지의 묘② ─ 이 생원의 벼락 과거

효성이 지극한 정조임금은 아버지 사도세자의 묘를 현릉원에 모신 후 아버지를 장헌세자로 추존追尊: 왕위에 오르지 못하고 죽은 이에게 임금의 칭호를 주던 일 하려 했어. 그러자 대신들은 선왕의 유지를 받들어야 한다며 반대했어. 임금은 미복을 하고 현릉원 근처를 둘러보며 안타까운 마음을 삭이고 있었어. 그러다 근처 밭에서 일 하고 있던 농부를 만났어. 둘이서 담배 한 대를 같이 피우며 이런저런 이야기를 나누던 중, 임금은 시치미를 떼고 농부에게 물었어.

"저 위 저것이 무엇이오?"

"여보시오, 차림을 보아하니 선비가 틀림없는데 그것도 모르시오? 뒤주 대왕의 애기능 아니오."

나라에서도 추존을 못하고 대신들도 다 반대를 하는 판에 일개 농부가 '대왕'이라 부르며 '능'陵: 임금이나 왕후의 무덤을 '능'이라고

^합이라 칭해 주니 정조임금은 기분이 좋았어.

"공부는 좀 했소?"

"과거를 몇 번 본 적은 있으나 낙방만 했소."

"오다 보니까 과거를 치른다는 방이 붙어 있던데 한 번 더 보지 그러시오."

"글쎄요. 그래 볼까요?"

"관상을 보니 이번엔 틀림없이 붙겠소이다."

정조임금은 돌아와서 서둘러 수원 지역만 과거를 본다고 방을 붙이게 했어. 농부는 선비와 약속한 대로 과거를 보러 갔지. 그런데 과거시험의 주제가 '간촌間村: 현릉원 근방의 마을의 이 생원과 선비가 주고받은 대화 내용을 쓰라'는 거야. 당사자가 아니고는 아무도 답을 쓸 수 없는 문제고말고. 농부는 자신있게 답을 썼어. 당연히 그 농부 한 사람만 붙었지. 이것이 바로 간촌 이 생원의 벼락과거야._수원시 교동

1-6. 아버지의 묘③—융릉을 지키는 능참봉

사도세자의 묘인 융릉을 지키는 능참봉은 '한 끼에 닭이 한 마리'라는 말이 날 정도로 잘 먹고 살았어. 정조임금이 아버지 산소를 위해서 능참봉을 그렇게 대우를 해줬던 거야.

　어느 날 초라한 과객이 능참봉의 집을 지나다 하루를 묵게 되었는데, 그가 능참봉의 관상을 보더니 머뭇거리며 말했어.

"당신은 앞으로 사흘 뒤에 목이 잘려 죽을 상이오."

능참봉은 기가 막혔지.

"내가 사흘 뒤에 목이 잘린다니 그게 무슨 말이오?"

"당신 관상이 그러하오."

"그럼 살 도리는 없겠소?"

"있지요. 내가 시키는 대로 할 수 있겠소?"

"하고말고요."

"먼저 기름 먹인 종이를 좋은 걸로 사다 놓으시오. 사흘 후면

비가 부슬부슬 내리기 시작할 거요. 그러면 저녁이 되길 기다렸다가 관복을 차려입고 능으로 가시오. 그런 뒤 기름 먹인 종이로 능을 덮고 상돌 아래에 납작 엎드려 있으시오. 그래야 살 수 있을 거요."

이때는 정조임금이 수원의 능으로 한 달이면 스물아홉 번을 거둥할 때였어. 한번은 거둥을 마치고 돌아가는 길에 비를 만나 행궁行宮: 임금이 나들이 때 머물던 별궁에서 머물게 되었는데, 밤이 되니 비가 더욱 거세지는 거라.

"나는 지붕이 있는 따뜻한 방에 앉아 이렇게 술도 한잔 마시건만, 아버님은 저 밖에서 억수같이 쏟아지는 이 비를 그냥 맞고 계시는구나."

임금은 능이 걱정이 되어 사람을 불렀어.

"여봐라. 당장 능참봉의 집에 가 보아라. 사랑에 불이라도 켜져 있다면 모르거니와 쿨쿨 잠이나 자고 있다면 당장 끌고 와 목을 칠 것이다."

군관들이 명을 받고 능참봉을 찾아가 보니 사랑방에 불을 켜 놓기는커녕 아예 사람이 없거든. 이리저리 이놈을 찾다가 능에 가 보니 능참봉이 관복을 입은 채 상돌 아래에 엎드려 있는 거야. 능에다가는 기름 먹인 종이를 덮어 놓은 채로 말이야. 군관들이 능참봉을 임금 앞으로 데려갔어. 이야기를 전해 들은 정조임금이 능참봉에게 물었어.

"어찌된 일이냐?"

"이렇게 비가 쏟아지는데 이 비를 다 맞고 계시니 얼마나 차갑게 계시겠습니까? 제가 참다 못해 유지^{油紙: 기름을 먹인 종이}로 덮어 드리고 저도 엎드려 같이 맞고 있었습니다."

정조임금은 능참봉의 마음에 감동하여 관복을 하사하고 벼슬을 올려 주었지. 이렇게 능참봉은 과객 덕에 죽음을 면하게 되었대._수원시 교동

1-7. 볼기 한 대

정조임금은 아버지의 묘를 정한 뒤부터 수원에 대한 마음이 각별했어. 수원의 백성들이 잘못을 저질러도 후하게 봐주곤 했지. 묘를 지키는 용주사에 대해서는 더욱 각별했어. 그러자 이 절의 중들은 그걸 믿고 횡포가 심해졌어.

한번은 용주사의 한 중놈이 젊은 과부 앞에서 오줌을 싸는 흉한 짓을 한 거야. 그래서 이놈을 잡아다가 수원의 관아에 가두었어. 이 이야기가 조정에 전해지자 정조임금이 말했어.

"그 중을 풀어 주어라."

그러자 수원 관아에서는

"안 됩니다. 죄질이 나쁘니 마땅한 벌을 내려야 합니다."

라며 반대를 했어.

"그렇다면 볼기 한 대만 때려서 내보내도록 해라."

어명을 받았지만 수원 수령은 이 중놈이 너무 괘씸한 거야.

도저히 볼기 한 대만 때려서는 내보낼 수가 없었어. 그래서 볼기 한 대로 죽일 수 있는 방법을 궁리했지.

마침 한 사람이 나섰어. 그는 중을 엎어 놓고 곤장을 휘두르며 겁을 주었어. 때릴 듯 말 듯, 때릴 듯 말 듯… 그럴 때마다 이 중놈은 엉덩이에 힘을 바짝 주고 똥구멍을 움찔했다가 안 때리면 다시 힘을 뺐지. 움찔했다 풀고, 움찔했다 풀고… 이렇게 대여섯 번을 반복하였더니 중놈이 속으로 '내가 또 속을 줄 알고' 하면서 곤장을 휘둘러도 힘을 안 주는 거야. 그때를 노리고 있던 장정이 똥구멍 아래에서 위로, 있는 힘껏 치올려 때렸어. 똥구멍으로 바람이 들어가 간으로 통하게 한 거지. 그렇게 한 대를 때려서 내보냈더니 중놈이 희죽희죽 웃으면서 걸어가다가 엎어져서 죽었다고 해. 딱 볼기 한 대만 때렸는데 말야. _수원시 교동

1-8. "나 수원에서 왔소"

정조임금이 아버지 능을 수원에 쓰고서 수원 사람들을 잘 봐주었다고 했지? 원래 서울의 나루에서 강을 건널 때면 한 번에 열명 정도는 되어야 배를 띄웠지. 두세 사람이 와도 배를 띄우려면 열명이 차도록 기다려야 했어. 보통은 두어 시간을 기다렸지. 한번은 배를 기다리는 사람이 서너 명밖에 되지 않았는데 한 선비가 와서 "배 좀 띄웁시다" 하는 거야.

그래서 뱃사공이 "좀 기다리쇼"라고 하자,

"나 수원서 왔소" 하거든.

뱃사공은 아무 말도 못하고 그냥 건너 주었어. 수원 사람을 괄시했다간 큰일이 나거든. 이걸 알고서 김포 사는 사람도, 마포 사는 사람도 "나 수원 사람이오"라고 했지. 그러다 보니 욕은 수원 사람이 다 먹게 됐다는 거야._수원시 교동

1-9. 수원 사람 빨가벗고 뛴 사연

수원의 남쪽 30리 밖에 사는 젊은 사람이 수원 화성 안에 있는 기방엘 와서 술을 마셨어. 그러곤 술이 올라 그만 잠이 들어 버렸네. 자다가 눈을 번쩍 뜨고 생각을 해보니 오늘이 아버지 제삿날인 거야! 양반의 자식이 아버지 제사를 안 지냈다가는 볼기를 맞는 것은 물론, 마을에서 불효자 소리 듣고 까딱하단 쫓겨날 수도 있었어. 시간은 벌써 밤 10시가 거의 다 되어 있었어. 젊은 양반이 올 때는 두루마기를 입고 갓을 쓰고 의복을 갖추고 왔지만 마음이 급해지자 밤에 누가 보랴 싶어 그냥 바지저고리 바람으로 냅다 뛰었어. 무슨 일이 있어도 제사를 모셔야 했거든.

시간이 되어도 아들이 오지 않자 동네사람들이 수군거리기 시작했어.

"이 사람이 자기 아버지 제사도 안 지내고 어디 가서 뭘 하는지 알 수가 없네그려."

아들은 자정이 다 되어 헐레벌떡 도착했어. 다행히 닭이 울기 전에 축문에 날짜를 쓰고 읽을 수 있었어. 겨우 제사는 모셨지만 사랑방에서 사람들이 수군거렸어.

"저 사람이 빨가벗고 30리를 뛰었대."

옛날에는 두루마기를 입지 않고 갓을 쓰지 않으면 빨가벗은 거랑 같았거든. 이후로 '수원 사람이 빨가벗고 삼십 리를 뛴다'는 말이 나왔지._수원시 교동

1-10. 수원 사람은 전부 깍쟁이

삼남 사람들이 서울을 가려면 꼭 거쳐야 하는 곳이 병점지금은 경기도 화성에 속하는 지역이지만, 조선시대에는 수원군에 속했음이었어. 병점에서 하룻밤을 자고, 다시 과천에서 하루를 자면 서울에 들어갔지. 떡전거리가 번성하자 음식점도 생기고, 술집도 생기고, 기생집과 노름방도 생겼어. 서울 가는 길에 병점에 머물러 술 먹고, 노름하다 죄다 털리는 놈들은 삼남 사람들이었지. 나중에 집으로 돌아가선 자기가 술 먹고 노름한 얘기는 쏙 빼고,

"아이구, 수원 놈들이 전부 깍쟁이라 그놈들한테 죄다 털렸지 뭐여"

라고 했대. 그래서 '수원 사람은 인색하다', '수원 사람은 너무 셈을 따진다'는 말이 퍼지게 되었지._수원시 교동

2부

기이한 인물들

2-1. 무학대사① — 믿을 사람이 없구나

조선왕조 오백 년의 터를 잡은 무학대사는 처음부터 큰 스님은 아니었어. 출가를 하기 전엔 순전히 장사꾼이었대. 돈은 많이 벌었지만 슬하에 자식이 없었어. 무학이 장사를 나가면 일 년이고 삼 년이고 돌아다녔지. 이렇게 돈을 벌고 다니는 동안 부인은 술장사를 했어. 그런데 마을 촌장이 술을 마시러 왔다가 무학의 부인을 납치해 버렸어. 무학이 오랜만에 집에 돌아왔는데 밤중인데도 불도 켜 놓지 않고 깜깜한 절벽 같은 거라. 이상한 생각이 들어 집 곳곳을 뒤지며 부인을 찾아보았지만 어디에도 없었어. 찾아도 찾아도 찾지 못하자,

"세상에 믿을 사람이 없구나."

하고서는 정처 없이 떠돌아다니기 시작했어. 그러다 꼬부랑 길가에 있는 묘에서 쉬고 있는 청년을 만났어.

"아저씨는 어디 가십니까?"

"나는 이리저리 떠돌며 장사하는 사람이다."

"아, 그러세요."

이렇게 만난 청년과 동행이 되어 다니다가 하루는 주막에 묵게 되었지. 이곳에선 노인이든 젊은이든 먼저 들어간 사람이 아랫목을 차지하는데, 이 청년은 참 예의가 바른 것이, 노인에게 아랫목을 양보하는 거야. 무학은 '아, 이 사람은 믿을 만한 사람이구나. 내 부인은 나를 못 믿고 떠났지만 이 청년만큼은 내가 믿을 수 있겠다. 이 사람하고 다니며 장사를 해야겠구나' 하고 생각했어. 그래서 청년에게 말했어.

"여보게, 청년! 자네 장사를 얼마나 했는지 모르지만 내가 자네를 보니 참 점잖고 훌륭한 사람이네. 내가 돈을 댈 테니 나하고 같이 장사를 한번 해보세."

그러자 청년은

"절대로 안 됩니다. 처음에는 돈을 누가 대든지 상관없지만 나중에 돈을 벌게 되면 욕심이 생기게 마련입니다."

라며 거절을 하는 거야. 하루는 청년이 포목 짐을 짊어지고 가는데 신발에 남의 논의 검불이 붙어 따라온 것을 발견했어. 청년은 짐을 무학에게 맡긴 채 사십 리 길을 되돌아가서 그 검불을 떼어 놓고 왔어. 무학은 성실하고 정직한 이 청년이 더욱 마음에 들었지. 결국 거절하는 청년을 설득해서 함께 장사를 시작했어. 한 삼 년을 이 청년과 같이 장사를 해서 많은 돈을 벌었지.

그러다 음력 4월쯤의 어느 날 밤, 변소를 간다고 나간 청년이 영 돌아오질 않는 거야. 청년을 믿고 있던 무학은 설마하며 기다렸지. 그런데 밤이 지나고 새벽이 되어도 돌아오지 않자 그가 놓고 간 행장을 풀어 보았어. 짐작한 대로였어. 포목만 남기고 돈은 홀랑 다 가지고 도망을 간 거야.

"세상에 믿을 사람이 없구나. 부인도 믿을 수가 없고, 이런 청년마저 배신을 하다니. 아이구, 세상은 믿을 곳이 못 되는구나."

하고는 그저 정처 없이 떠돌아다녔어._용인군 구성면

2-2. 무학대사 ② — 배우지 않고 통한 자

이듬해 봄이 되어 초목이 자라나고 꽃이 피고 개미가 나오는 때가 되었어. 무학이 길을 가다 외딴 구석에 앉아 쉬고 있을 때 저기 멀리서 중이 한 명 오고 있었어. 그런데 그 중의 걸음이 이상도 하지. 갈지자를 그리며 걸어오고 있네. 그러니 무학이 있는 곳까지 오는 데 한참이 걸리는 거야.

'젠장, 저 중은 왜 곧은 길로 안 가고 갈지자로 꺾어 가며 다니는 거지?'

무학은 그 중이 올 때까지 턱을 세우고 몇 시간을 기다리고 앉아 있었어. 그렇게 걷는 이유가 너무 궁금했거든. 그가 다가오자 무학이 물었어.

"여보, 스님. 이리 바쁜 세상에 어찌 갈지자걸음을 걸으며 오는 거요?"

"소승 문안드립니다. 속가에 계신 분은 소승의 뜻을 잘 모르십니다."

"그 뜻을 들어볼 수 있겠소?"

"보시다시피 지금은 음력 삼월로, 산천초목과 모든 생물이 다 땅으로부터 피어 나오는 때입니다. 내 갈 길이 바쁘다고 해서 서두르다 보면 발 밑의 수많은 곤충이 하루에 수십만씩 밟혀 죽겠지요. 그러니 곤충을 살펴 그 빈자리를 걸어가자니 갈지자걸음이 되었습니다."

무학이 가만히 들어 보니 생전 처음 듣는 얘기지만 참 그럴듯하거든.

"스님, 나도 스님하고 같이 가면 중이 될 수 있소?"

"물론입니다. 저하고 같이 가시면 중이 될 수 있습니다."

"그래요? 그럼 같이 갑시다."

그러고는 그날로 절에 들어가 불공을 드리며 삼 년을 보내고 이때부터 무학이 되었지. 무학이 삼 년 불공을 드리는 방식은 이랬어. 대통의 양쪽 마디를 잘라 불공을 드리는 방에 묻어 두고 아침, 점심, 저녁 하루 세 번 부처님께 공양미를 올렸어. 그리고 '나무아미타불 관세음보살' 염불을 외며 불공을 드렸지. 무학의 불공이 어찌나 지극정성인지 한번은 관세음보살이 그를 시험하기 위해 사냥꾼으로 변장을 하고 나타났어. 무학이 아침 공양을 올리고 있는데 화살을 겨누며 말했어.

"내가 배가 고파 죽겠으니 공양 올리는 밥을 내게 좀 먼저 주시오."

"여보시오. 나는 불공을 드리는 사람이니 불공이 끝나면 갖다 드리겠소. 잠시만 기다리시지요."

"배가 고파 죽겠는데 기다리라니 그럴 수는 없다. 지금 주지 않으면 너를 쏘겠다."

"그 화살을 맞아 죽을지언정 불공드릴 공양미를 먼저 드릴 수는 없소."

그러자 화가 난 사냥꾼은 무학의 가슴팍에 활을 쏘았어. 무학은 '에이쿠, 죽었구나!' 하고는 눈을 질끈 감았어. 그런데 얼마쯤 있다 보니 죽은 게 아니었어. 분명이 활을 맞았는데 화살이 꽂혀 있지 않았지. 이상한 생각이 들어 불공드리는 방으로 들어가 보니 제단에 놓아두었던 대통이 뻥 뚫려 있었어. 그때부터 무학은 '좌견천리坐見千里요 입견만리立見萬里' 할 수 있게 되었지. 앉으면 천 리가 보이고, 서면 만 리가 보인다는 말이야. 그래서 '없을 무無'에 '배울 학學'을 써서, 배우지 않고 통한 자라는 뜻의 '무학'이라고 이름을 지은 거야. _용인군 구성면

2-3. 어사 박문수 ① ─ 우물 찾기

암행어사 박문수가 암행을 다니다 하루는 어느 주막에 묵게 되었어. 그 주막의 아랫방에는 수염이 하얀 영감이 묵고 있었는데, 다른 사람은 엄두도 못 낼 만큼 잘 차려진 밥상을 매끼에 먹는 거야. 박문수는 '아이구, 저 영감 돈두 많은 영감이로구나' 생각했지. 그렇게 며칠을 묵고 떠나는 날 아침에 노인이

"여보, 기왕이면 나도 동행 좀 합시다."

하고 따라나선단 말이야.

"그러시죠."

하고는 같이 출렁출렁 한참을 가다 보니 거의 밤이 다 되었어. 노인이 말하길,

"여보슈, 당신 내 말을 꼭 들어야 되오."

"왜요?"

"요 모퉁이를 돌아가면 큰 동네가 있어. 한 삼백여 호 이상 되

는 동네지. 그러나 어느 집을 정하든 내가 정할 테니까 당신은
나 하자는 대로 따라 들어오시오."

"아, 그러지요."

"저녁을 먹고 내가 물을 한 그릇을 청하여 마시고 나거든 당
신이 또 물을 한 그릇 청하시오. 이렇게 한 대여섯 바퀴만 돌려
봅시다."

그렇게 약속을 하고는 모퉁이를 돌아가니 삼백여 가구가 사
는 동네가 나왔어. 노인을 따라 한 집에 들어가는데 크고 으리으
리한 집이었지.

"계시오? 지나가는 과객인데 날이 저물었으니 하룻밤 묵어가
도 되겠소?"

"어서 들어오시지요."

집주인은 잘 차린 저녁상을 내주며 대접을 해주었어. 저녁을
먹고는 노인이 주인을 불러 말했어.

"주인 양반?"

"예"

"시장기에 밥 한 술 먹었더니 조갈이 납니다. 물 한 그릇만 청
합시다."

"예, 그렇게 하지요."

주인이 물 한 그릇을 떠오자 노인이 한 번 쓱 먹고 나니까 이

번에 어사가 말했어.

"나도 한 그릇 주시오."

"그러시지요."

어사가 먹고 나니 노인이 또 달라 그러고, 노인이 먹고 나면 어사가 또 달라고 하고, 끝날 것 같으면 또 달라고 하고 이렇게 세 바퀴를 돌아 여섯 그릇을 마신 거야. 그러니까 주인이 하는 말이

"무슨 물을 이렇게 쉴 새 없이 마시는 겁니까?"

이러거든. 그러자 노인이 눈을 치켜뜨며 말했어.

"아, 여보쇼. 지나가는 사람이 목이 말라서 물을 달라고 하는데 뭐가 아까워서 그러시오? 당신이 수고만 하면 물은 줄 수 있는 거 아니오."

"아니, 손님들이 잡숫는 물이 아까워서 그러는 것은 아닙니다. 실은 지금 여기에 물가난이 들었습니다. 이 동네는 집이 삼백여 채가 되는데 우물이 하나도 없습니다."

"그럼 어디서 물을 갖다 잡수우?"

"여기서 이삼십 리 들어가서 하루에 한 번씩 물장군으로 져다가 먹지요. 댁들이 벌써 여섯 그릇을 축냈으니 내일 아침 지을 물이 벌써 줄었습니다. 사정이 이러하니 어찌 말을 안 할 수 있겠소."

"아, 그럼 우물을 파면 될 것이지. 왜 안 파는 거요?"

"암만 파도 물이 안 납니다."

"물이 안 나오는 데가 어디 있소? 걱정 마시오. 내가 물터를 하나 잡아 주겠소."

이튿날 노인이 마을을 쓱 둘러보더니 수천 년을 내려온 큰 고목나무가 있는 곳에 가서

"물 날 자리는 이 고목나무 밑이요. 이 나무를 베시오."

라고 말하는 거야. 그러자 집주인이 깜짝 놀라며 말했어.

"이건 절대로 못 벱니다. 이걸 건드렸다가는 동네에 변고가 생깁니다."

"그것이 겁이 나서 물을 굶고 지낸단 말이오? 걱정 마시오. 만약 변괴가 생기면 내가 책임을 지리다."

마을 사람들은 노인이 하도 장담을 하니 나무를 베기로 했어. 며칠이 걸려 나무를 베어 내고 뿌리를 캐내는데 그 아래 바윗돌이 쭉 깔려 있는 거야.

"바윗돌이 깔려 있어서 도대체 더 팔 수가 없소."

"그럼 내가 물을 먹도록 만들어 놓을 테니. 대신 당신은 나와 계약을 해야겠소."

"무슨 계약입니까?"

"내가 며칠 후에 돈 삼십만 냥이 필요하니 마을에서 돈을 거

뒤서 내게 주시오."

"물만 먹게 된다면 얼마든지 해 드리지요."

"그럼 마을 사람들에게 증서를 다 받아 오시오."

그래 증서를 다 받아다 주자

"이제 되었으니 바윗돌을 떼어 내시오."

라고 했어. 노인이 무슨 수를 부렸는지 마을 사람들이 달려들어 바위를 깨내려 하자 별안간 '텀버덩' 하더니 바윗돌이 뚝 떨어지면서 물이 솟아올랐어. 그러자 노인은

"이만하면 당신네들 삼백 호 아니라 오백 호라도 실컷 먹고 남을 것이오. 일을 다 했으니 약속한 날짜에 그 돈을 준비해 놓으시오."

하고는 다시 길을 나섰어. _ 용인군 용인읍

2-4. 어사 박문수② ─ 지성이면 감천

어사 박문수는 노인과 함께 다시 길을 가면서 생각했어. '참 기가 막힌 노인이구나. 보통 사람이 아닌 것이 분명해.'

걷는 것만 봐도 노인은 살짝살짝 걷는 것 같은데 어사가 암만 뛰어도 쫓아갈 수가 없었어. 산골짜기에 들어서자 날이 어두워지기 시작했고, 산등성이를 오르자 깜깜한 밤이 되었지. 두 사람은 어디가 어딘지 분간을 할 수도 없는 길을 따라 얼마를 더 갔어. 그러자 산신령께 제사를 지내는 산지당이 나오는 거야. 산지당은 마을마다 하나씩은 있었지만 아무나 드나들 수는 없었지.

"더 이상 갈 수 없으니 천생 여기서라도 자고 갑시다."

노인이 산지당 문을 벌컥 열더니 먼저 들어가서는

"들어오시오."

하는 거야. 깜깜한 곳에 불도 없이 앉아 있는데 멀리 산잔등에서부터 등불이 번쩍번쩍 거리며 점점 다가오는 거야. '이상하다' 생각하며 지켜보고 있자니 하얀 소복을 입은 여자가 시루를 머리에 이고 돗자리를 가지고 오고 있었어. 다 와서는 시루를 가만히 놓더니 돗자리를 산지당 앞에다 쭉 깔고는 절을 하며 비는 거야.

"비나이다. 비나이다. 산신령께 비나이다. 제발 저희 남편을 살려주세요. 제 남편이 억울하게 누명을 쓰고 죽게 되었습니다. 제발 남편을 살려주세요."

노인은 그 시루에 있는 떡을 번쩍 치켜들고 들어오며 말했어.

"드시게. 저 부인이 정성을 드린 지 오늘이 꼭 백 일이 되는 날이네."

부인이 기도를 마치고 시루를 드는데 매번 무겁던 것이 오늘은 가벼운 거야.

"백 일 정성을 마치니 신령님 영험이 있어 떡을 맛보셨구나."

하며 기분이 좋아서 시루를 번쩍 들고 산을 내려갔어. 그 모습을 지켜보던 노인이 말했어.

"당신은 어사가 아니오?"

"그렇습니다."

노인이 지난 번 우물을 찾아주고 받은 삼십만 냥의 증서를 주면서 말했어.

"지금 저 부인을 따라 내려가면 동네가 있을 것이오. 부인의 남편이 국고금 삼십만 냥을 내러 가다가 도적에게 빼앗겨 버렸소. 그래서 그 돈을 내지 못해 잡혀가서 죽게 생긴 것이오. 저 부인이 여기서 백 일 정성을 들였으니 당신이 이 돈을 가지고 가서 남편을 구해 주시오. 당신이라면 할 수 있을 것이오."

이러고서는 간 곳 없이 사라져 버렸어. 노인이 산신령이었던 거야. 어사 박문수는 정신을 차리고 노인이 시킨 대로 부인을 찾아가 이 증서를 들고 아무개 마을에 가서 돈을 받아 남편을 살리라고 알려 주었지. 지성이면 감천이라고 부인의 정성에 산신령이 감동해서 남편을 살릴 수 있게 된 거야. _용인군 용인읍

2-5. 서희 장군—서낭당과 행기치마

서희라는 영특한 장군이 있었어. 어느 여름, 서희 장군은 뜨거운 태양 아래 수십만 군사를 이끌고 용인의 노고성老姑城: 할미산성과 노조성老祖城: 할아버지산성이 있는 잣고개를 넘어 가고 있었어. 더운 날씨에 군사들이 목이 말라 고통스러워했지. 그러자 서희 장군이 군사들에게 말했어.

"군졸들은 들어라. 저곳을 넘으면 모과나무에 노랗게 익은 모과가 주렁주렁 달려 있으니 조금만 더 힘을 내거라."

한여름에 모과가 익을 턱이 있나. 하지만 모과라는 말만 들어도 입에서 침이 고이는 거야. 그렇게 입에 고인 침을 삼켜 목마름을 해결해 가며 수십만 군사를 이끌고 고개를 넘어갔지. 서희 장군이 이렇게 영특했어.

옛날엔 마을마다 서낭당이 있었어. 근데 이 서낭당을 만든 이가 바로 서희 장군이야. 순전히 전쟁을 위해서 만들었지. 왜냐하면 옛날 전쟁은 무기를 가지고 싸운 게 아니라 석전石戰을 했거든. 돌을 가져다가 던져서 사람을 쓰러뜨리는 거지. 그러자면 돌이 필요한데 전쟁 중에 갑자기 돌을 모을 틈이 어디 있겠어. 그래서 서희 장군이 궁리를 했지. 처음에 헝겊을 가져다가 이런저런 나무껍질을 벗겨서, 요런저런 색깔을 내어 염색을 했어. 그러고는 새끼에 꿰어서 고개마다 매달아 놓고 소문을 냈어.

"누구든지 아들 없는 사람은 여기다 돌멩이 세 개를 던지고, 절 세 번 하고, 침 세 번 뱉고 가면, 태기가 있어 아들을 낳을 것이다."

소문을 듣고 어느 아들 없는 사람이 가서 그대로 했더니 그 달부터 태기가 있어 아들을 낳았다는 거야. 이것이 세상에 퍼져서 전국 고개마다 서낭이 만들어진 거야. '여기가 서낭이다'라고 방만 꽂으면 사람들이 돌멩이 세 개 던지고, 왼발 세 번 구르고, 절 세 번 하고, 침 세 번 뱉고 가는 거지.

이렇게 만들어진 서낭으로 전쟁을 할 때, 놋쇠를 녹여 만든 징을 두들기면서 석전을 해서 싸웠어. 늙은 노인들과 아녀자들이 앞치마에 서낭의 돌을 가져다 날랐지. 다닐 행行에, 달릴 기趒기 자를 써서 행기치마였는데 나중에 행주치마가 된 거야. _용인군 구성면

2-6. 소강절 ① — 한 개만 가져 가세

소강절*이라는 세상 이치를 잘 아는 분이 있었어. 그런 강절 선생에게 사는 형편이 어려운 고모가 한 분 계셨어. 하루는 고모가 선생을 찾아와서 간청을 했어.

"내 아들이 선비면서도 제 몫을 못하고 사니 제발 좀 도와주어라. 그래도 네겐 고종사촌이 아니냐."

"하, 워낙에 복이 없으니 제가 어떻게 할 수 있겠습니까?"

"아, 그래도 네가 어떻게 하면 밥이라도 먹고 살겠지."

강절 선생이 한참을 있더니

"그럼 저한테 좀 오라고 하세요."

고모는 좋아라 하면서 아들을 불러 강절 선생에게 보냈어.

"동생, 나하고 오늘 어딜 좀 가세."

---

* 소옹(邵雍). 중국 송나라 때의 도학자. 신비적인 '상수학'(象數學)을 설파한 사람.

"예."

"꼭 내 뒤를 따라야지 떨어지면 안 되네."

"예."

그러고는 선생이 성큼성큼 앞서 가는데 사촌은 뒤쫓아 가기에 바빴지. 어디쯤을 가니까, 평평하고 넓은 풀밭에 금은보화가 한바탕 널려 있는 거야. 오금, 백금, 황금, 산호, 호박… 이런 보물들 말이야.

"동생, 여기서 뭐든지 딱 한 가지만 가져가세. 한 가지만 가져가도 집으로 돌아가면 자네는 일생 넉넉히 살 수 있으니, 한 가지만 가져가세."

"예, 그러지요."

하지만 사촌은 오금_{금과 구리의 합금으로 값이 나가는 것이지만 제일 무거움. 옛날 부잣집에서 요강을 만들어 씀}이라는 보석 열 개를 집어 들었어.

"아, 그걸 다 가져가겠나?"

"가져가지요."

"그럼 가세."

하고는 돌아왔지. 얼마쯤 가니 오금이 너무 무거워서 도저히 가져갈 수가 있어야지.

"아이고 형님, 나 이거 못 가져가겠어요. 한 개 내놓고 가야겠어요."

한 개를 내놓고 가다가 얼마쯤 오니 또 무겁고, 그러니 무거워서 못 가져가고, 또 못 가져가고… 그러더니 결국 한 개도 못 가져가고 그냥 빈 몸으로 왔네. 한 개만 가져갔어도 부자로 살았을 텐데 말이야. 집으로 돌아온 강절 선생이 말했어.

"아유, 그 사람 복이 워낙 없어서 어찌할 도리가 없어요." _안성군 일죽면

2-7. 소강절② — 매일 한 되씩만

고모는 그 얘기를 듣고 속이 상했지. 하지만 아들이 지내는 꼴을 보고 있자니 딱한 마음이 들어 강절 선생을 다시 찾아와 졸라 대기 시작했어.

"어떻게 하니? 밥이래도 먹게 해줘야지, 어떻게 하니?"

강절 선생은 이번엔 그 집엘 찾아가 사촌의 부인에게 말했어.

"제수씨, 술장사를 한번 해보시겠소?"

"술장사가 아니라 뭐래도 밥만 먹고 산다면 다 하지요."

"그럼 호미 하나 들고 절 따라오시지요."

그러고는 그 집 뒤 담 밑엘 가더니 땅을 파는 거야. 그러자 말간 물이 팡팡팡 솟아 올라오는 거야.

"이것을 매일 한 되씩만 파세요. 이게 주천당酒泉堂 천일주千日酒라는 건데 매일 한 되씩만 팔면 식구가 하루는 살아 나가실 겁니다. 그러니 한 되씩만 파세요."

"예, 그러지요."

그러고는 이튿날부터 '주천당 천일주를 판다'고 써 붙여 놓았더니, 사람들이 술을 받으러 오는 거야. 한 되를 팔아서는 쌀 사고 반찬 사고 그러고 나면 꼭 맞는 거야. 그렇게 하루 한 되를 팔아서 그날그날을 살았어. 그런데 꼭 그것뿐이야. 다른 데 뭐 좀 써 보려니 돈이 남아야지. 사람들은 술을 먹어 보고는 자꾸 사러 들 오는데 하루 한 되밖에 팔질 못하니…. 그래서 "에라, 오늘은 좀더 팔아야겠다" 하고는 하루 종일 술을 팔았더니 돈이 그득했어. 이튿날 사람들이 또 술을 사러 오자 사촌도 술을 받으러 갔어. 그런데 매일같이 찰랑이던 샘이 바짝 말라 있는 거라!

"이런, 젠장."

큰일이 났어. 이제 또 밥을 굶게 됐으니 말야. 고모가 다시 찾아와서 말했어.

"아아, 여보게 저 주천당이 말랐으니 어떻게 하나?"

강절 선생이 말했어.

"제 복이 그만이니 어찌할 수가 없습니다." _ 안성군 일죽면

2-8. 재주는 나눌 수 없다

어느 동네에 곽곽 선생*이 살았는데 점을 아주 잘 쳤어. 한 번 점을 치는데 삼십 냥이나 받았지만 그래도 사람들이 서로 보려고 야단이었지. 그 이웃에는 홀어머니와 아들이 어렵게 사는 집이 있었는데 열다섯 살 먹은 어린 아들이 친구 둘과 함께 삼 년을 작정하고 장사를 떠나게 되었어. 홀어머니는 불안한 마음에 점을 치러 왔지만 돈을 죄 마련해 보아도 열 냥밖에 되지 않았지. 그래도 열 냥이나마 들고 와서 사정을 해보았지만 거절당하고 돌아가게 되었어.

곽곽 선생의 며느리가 물을 길러 가다가 이 홀어머니를 만나게 되어 물었어.

"어째 오셨다가 그냥 가시오?"

---

* 판수(맹인) 점쟁이들이 조상으로 섬기는 맹인신(盲人神).

"돈이 열 냥밖에 없어서 혹시나 하고 왔지만 거절당하고 돌아가는 길이유."

며느리가 물동이를 내려놓고는

"그럼 내가 대신 봐 드리지요."

하고 점을 쳤어.

"음! 아무 날 아무 시에 정성을 하시오. 그날 비가 많이 올 터인데 우데기를 둘러치고 자다가, 밤중에 놀란 결에 일어나 '무슨 잠을 이렇게 깊이 자느냐?'고 아이 머리를 냅다 끌어서 치는 시늉을 하세요."

홀어머니는 집으로 돌아와서 곽곽 선생 며느리가 점을 쳐준 대로 빨래도 깨끗이 하고 집안도 구석구석 청소를 하고 정화수 한 그릇을 마당 가운데 떠 놓고 들어와서는 우데기를 치고 잤어. 한밤중이 되어 선생 며느리가 하라는 대로 했지. 이튿날 점심때가 되었는데 갑자기 아들이 혼자서 돌아와 하는 말이,

"셋이서 같이 길을 가는데 비는 퍼붓는데 무인지경에 인가도 없었어요. 그러다 마침 커다란 바위가 있기에 셋이 그 밑에 들어가 웅크리고 잤어요. 한참을 자는데 어머니가 저를 부르며 손목을 잡아끌어서 따라 나가 보니 바위가 털썩 무너지더라구요. 그래, 저만 살고 다른 사람은 다 죽었어요." 그러더래.

곽곽 선생이 이 소식을 듣고 가만히 생각해 보니, 아 꼭 죽을

놈이 돌아왔거든. 다시 점을 쳐 보니 며느리가 점괘를 내준 거라. 남의 점을 가로 챈 며느리가 괘씸해서 살려 둘 수 없었어. 며느리는 시아버지가 자기를 죽이려고 한다는 사실을 알고는 도망을 갔어. 얼마쯤을 가자 사람들이 꽹과리를 두드리며 못논을 매고 있었어. 며느리는 사람들에게 뛰어들어 부탁을 했어.

"여보세요. 저를 좀 살려주시오. 내가 저 도랭이^{도롱이} 밑으로 들어 갈 테니 도랭이를 덮어 놓고 그 위에 장구를 올려놓고 그 너머에 물 한 사발을 떠 놓아 주세요."

사람들은 며느리 부탁대로 해 놓고는 다시 못논을 매지. 조금 있으니 곽곽 선생이 쫓아와서는

"이리로 여인네 하나가 지나가는 거 봤소?"

"못 봤는데요."

"못 봤다? 그럼 여기 장구고개가 있소?"

"있지요."

"장구고개 잔등에 띠밭^{띠가 잡초와 함께 무성하게 난 땅}이 있소?"

"띠밭이 있습니다."

"띠밭 옆에 사발우물 있소?"

"사발우물 있어요."

"에이, 그럼 그 사발우물에 빠져 죽었겠군."

하고는 돌아갔어. 집으로 돌아와서는 죽은 며느리 귀신이 미

워서 북을 달아 놓고 냅다 경을 읽어 댔어. 며느리는 밤이 되자 몰래 들어와서 남편을 깨워 말했어.

"아버님은 다 산 노인네구, 나는 이팔청춘인데 내가 살아야겠소? 아버님이 살아야겠소? 아버님이 마루 밑에 물 한 대야를 떠다 놓고 저렇게 신이 올라서 경을 읽고 있지요. 그 대야의 물을 엎으면 팔만 신장이 옹위를 해서 아버님을 모셔갈 거예요."

아들이 가만히 생각해 보니 부인의 말이 옳거든 그래서 어쩔 수 없이 마루 밑의 대야를 엎었어. 곽곽 선생은 그렇게 죽게 되었지. 그 며느리는 이순풍이고. 그후에 사람들이 점을 치기 위해 산통을 흔들 때 곽곽 선생, 이순풍을 넣어서 경을 읽게 되었대.

_용인군 원삼면

2-9. 삼천갑자를 살아도…

동쪽 어디쯤에 동씨 성을 가진 사람이 살았는데, 갑자년甲子年 갑
자월甲子月 갑자일甲子日 늦은 나이에 아들을 얻었어. 아들의 이름
을 '삼천갑자 동방삭'이라고, 오래오래 장수하여 삼천갑자를 살
라고 그렇게 지었어. 그런데 삼천갑자 동방삭이가 네 살이 되었
을 때 그만 아버지가 죽고, 열 살이 될 무렵에 어머니마저 죽고
말았어.

혼자 남은 삼천갑자 동방삭이는 여기저기 돌아다니며 얻어
먹고 다녔는데 배가 고파서 살 수가 없었어. 어느 날 저기 앞쪽
에 사람이 가는 게 보였어. 그런데 쫓아가 보면 없어지고 또 나
타나서 쫓아가면 없어지고 하는 거야. 동방삭이가 끈질기게 쫓
아다니다 결국은 붙들었어.

"넌 뭐냐?"

"내가 귀신이다."

"귀신이면 너만 그렇게 돌아다니며 얻어먹지 말고 나도 좀 나눠 줘라."

"에이, 너는 삼천갑자 동방삭이고 나는 얼마 안 있으면 죽을 터이니, 네가 대신 그걸 먹고 살아라."

그러고는 자기가 얻어먹으러 다니던 곳을 알려 주었어. 동방삭은 자기만 배불리 먹은 게 아니라 부자에게 훔쳐 온 것들을 배고프고 가난한 사람들에게 나누어 주며 돌아다녔어.

한편 저승에서는 난리가 났어. 저승에서 인간의 수명부를 관리하던 최판관죽은 사람 생전 선악을 판단한 저승의 버슬아치이 동방삭을 잡아 데려가야 하는데 삼천갑자 년을 살아도 잡지를 못하는 거야. 동방삭을 잡으려고 저승사자를 보내도 워낙에 신출귀몰하여 잡을 수가 없었어. 붙잡고 보면 딴 놈이고, 쫓아가서 보면 사라지고 없었지. 하늘의 옥황상제도 최판관을 불러서 동방삭을 잡아들이라고 명령을 내리고 야단인데 말이야. 저승사자들이 매번 딴 놈만 잡아오자 한번은 최판관이 꾀를 냈어.

"너희들, 숯 한 덩이씩을 개울로 가져가서 닦도록 해라."

그런데 어느 날 삼천갑자 동방삭이 우연히 길을 지나다가 개울에서 숯을 닦고 있는 사람들을 보게 되었어.

"여보, 거 뭐요?"

"검은 숯이우."

"그건 뭘 하려고 그렇게 닦고 있수?"

"이 숯이 희도록 닦고 있소."

"이런 실없는 사람들…. 내가 삼천갑자 년을 살아도 검은 숯 희게 닦는다는 놈은 못 봤네."

그러자 숯을 닦던 세 놈이 달려들며 말했어.

"네 놈이 삼천갑자 동방삭이렷다!"

결국 동방삭이는 삼천갑자 년을 살고 붙잡힌 거지. 이후로는 사람이 오래 살지를 못했대. _안성군 안성읍.

2-10. 도척의 법도만 남은 세상

옛날에 공자孔子와 도둑으로 유명한 도척盜跖이 살았어. 도척이 세상에 나와 보니 선한 일은 공자가 먼저 다 해 버리고 자기는 할 일이 없었지.

"'사람은 죽어서 이름을 남기고 호랑이는 죽어서 가죽을 남긴다'고 하는데, 나도 이왕 세상에 나왔으니 이름이라도 남겨야겠다."

하고는 공자와 반대로 도적질에, 살인에 온갖 나쁜 짓만 골라서 했어.

그런데 공자와 도척의 형은 친구였어. 동생이 하는 짓을 보다 못한 형은 공자를 찾아가서 부탁했어.

"여보게! 그럴 수가 있나? 자네하고 나는 세상에 둘도 없는 친구 아닌가? 내 아우가 저렇게 법도에 맞지 않는 짓을 하며 세상을 망치고 있으니 자네가 어떻게 좀 해보게."

친구의 부탁이라 공자는 도척을 찾아갔어. 그 집에 도착해 보니 도척이 밤마다 훔쳐 모은 재산이 엄청났어. 대궐같이 넓은 집에 지키는 사람만 수십 명이 되고, 담은 또 얼마나 높은지, 참새한 마리 못 날아들게 생겼어.

공자가 "나는 공자일세. 도척을 만나러 왔네" 하고 들어서려하자,

문지기가 막아서며 "공자가 누구냐? 들어갈 수 없다." 하는거야.

"그럼 형의 친구 공자가 왔다고 알려 주게."

얼마 후 도척이 나오더니 공자를 맞이했어. 도척은 진수성찬을 차려 공자를 대접하고 술잔을 주고받았어.

"여보게! 자네 형님을 봐서라도 어떻게든 나쁜 마음을 버리고, 나와 같이 좋은 세상을 만들어 보세."

공자가 이렇게 말하자 처음에는 그냥 "아, 그러시냐?" 하고는작별인사를 했지.

그래도 도척이 도적질을 멈추지 않자 공자가 두 번 세 번 찾아갔어. 그러자 도척은 구척 장검을 꺼내 들고 휘두르며 고함을쳤어.

"야, 니가 먼저 나와 세상의 좋은 일은 다 해 버렸으니, 나는악명이라도 남길 것이다. 이제 다시는 나를 찾아오지 마라. 다시

오면 내 칼에 죽을 것이다."

하고 날뛰니 공자는 쫓기듯 뛰쳐나왔어. 그 뒤에 대고 도척이 고함을 질렀어.

"지금은 너의 세상이지만 앞으로 3천 년이 지나면 나 같은 도둑이 세상에 넘쳐 날 것이다."

도척이 죽은 지 3천 년이 지난 지금 세상은 그놈의 말대로 공자의 도道는 다 수포로 돌아가고 도척의 도밖에 없게 되었어. _용인시 구성면

3부

양반도 힘들구나

3-1. 벼슬을 할 수만 있다면① — 구르기로 얻은 벼슬

옛날 사람들 사이에 '서울 가서 구르기만 잘 굴러도 벼슬한다'
는 얘기가 있었어. 원래는 연줄을 잘 타면 벼슬을 한다는 얘기
지. 그런데 안성에 한 게으른 사람이 살았는데 사는 게 무척 어
려웠어. 그래, 이 게으른 시골 사람이 그 말을 덮어놓고 믿고선
서울로 올라와 구르기를 배웠어. 벼슬한다고 서울 올라와서 하
는 짓이라곤 내내 풀밭에서 구르는 거야. 떼굴떼굴, 떼굴떼굴.
사람들에게 웃음거리가 되어도 떼굴떼굴, 떼굴떼굴. 그렇게 끈
덕지게 삼 년을 굴렀어. 하루는 임금이 그곳을 지나가다가 그 시
골 사람을 보게 되었어.

　"너는 이런 풀밭에서 왜 그렇게 구르고 있느냐?"

　"서울서는 구르기만 잘 구르면 벼슬 한자리 할 수 있다기에
삼 년을 구르고 있습니다."

"그럼 어떤 벼슬을 줘도 하겠느냐?"

"아, 뭐든 주면 다 하지요."

"그럼, 왕이 되라고 해도 하겠느냐?"

그러자 시골 사람이 벌떡 일어나 물끄러미 임금을 쳐다보더니 귀싸대기를 내리치며

"야, 이놈아! 임금은 천하에 하나밖에 없는데, 너 같은 역적이 있으면 이 나라가 어떻게 되겠느냐? 너 같은 놈은 당장에 죽여야 한다. 임금은 하나니라, 이놈!"

임금은 뺨을 맞은 것은 분하지만 그 말이 참으로 충성스러운지라,

"삼 년을 굴렀으니 끈덕진 데가 있고 충성스럽기도 하니, 작은 벼슬이라도 하나 내려라."

하고는 인가도 제법 많은 고을의 군수자리를 주었어. 시골 촌놈이 서울 와서 삼 년을 구르고 벼슬을 얻어 고향으로 돌아갔더니 사람들이 말했어.

"동네서 지지리 못난 놈이 그래두 서울 가 삼 년을 굴러 벼슬을 했구나." _안성군 원곡면

3-2. 벼슬을 할 수만 있다면②—솔개 연, 뱅뱅 연

왕이 암행 시찰을 나갔다가 어느 집 앞에서 부부가 하는 얘기를 듣게 되었어. 남편이 과거 공부를 하느라 집안일을 하지 않으니 살림이 어려웠어.

"여보, 당신이 몇 해를 그러고만 있으니 이제 더 이상 나 혼자서 살림을 꾸려 나갈 수가 없어요."

"그러니 어쩌나? 내가 하던 공부를 그만둘 수도 없고, 또 끝까지 해야 성공하지 않겠는가. 조금만 더 참아 보게."

"아휴, 그리해 볼게요. 아닌 게 아니라 우리가 이리 힘들게 살아도 왕실이 편안하면 바랄 게 없겠지요."

부부간에 이렇게 이야기를 나누고 있었지. 왕이 밖에서 그 이야기를 가만히 듣고 있자니, 그들의 마음이 참 고마운 거라. 하여 같이 간 신하를 들여보내 남편을 불러냈어.

"자네는 지금 뭘 하는가?"

"과거 볼 준비를 하고 있습니다. 과거만 붙으면 원이 없겠습니다."

"그런가? 그럼 아무 날에 과거를 보니 그때 오거든 내가 시키는 대로 해보게. 시험장에 들어올 때 먼 곳에 과거 제목이 붙어 있을 걸세. 그 글자가 뭐냐고 묻거든 '솔개 연' 자라고 하게. 그러면 되네."

남편이 과거 날짜에 맞춰서 도포를 입고 길을 나서는데 '솔개 연', '솔개 연' 하고 외면서 갔지. 그런데 과거장에 들어서자마자 그만 깜박 잊어버린 거야.

"저기 붙은 과거의 제목이 무슨 글자냐?"

솔개가 공중에서 뱅뱅 도는데도 도저히 생각이 나질 않아. 그래서 할 수 없이

"뱅뱅 연"

하고 대답했어. 그러자 대번에

"나가시오."

하거든. 할 수 없이 돌아서 나오는데 그게 번쩍 생각이 난단 말이야. 그래, 뒷사람에게 가르쳐 주며 말했어.

"여보시오, 멀리 붙은 과거 제목이 '솔개 연' 자인데 내가 그만 잘못 말해서 '뱅뱅 연' 자라고 했소. 당신은 들어가서 제대로

말하고서 과거에 붙으시오."

"그럼 당신 가지 말고 여기 기다리고 있으시오."

그리고 들어가서 자기 차례가 되어

"저것이 무슨 글자냐?" 하고 시험관이 묻자

"시골말로 아뢰리까? 서울말로 아뢰리까?"

"시골말로도 하고 서울말로도 하고 다 해보아라."

"서울말로서는 '솔개 연'이라 하고 시골말로서는 '뺑뺑 연'이라 합니다."

"아, 그래? 시골말로 '뺑뺑 연'이라고도 하나?"

"그렇소."

"그럼 아까 나간 그 사람 들어오라 해라."

그래서 이 사람도 과거에 붙고 저 사람도 붙었다는 얘기야.

_안성군 공도면

3-3. 벼슬을 할 수만 있다면③—상노놈이 뭘 했겠니

조선 중종 때 송질이라는 정승이 있었어. 이 분의 집에 홍언필이라는 상노常奴가 있었는데 송 대감의 딸과 정분이 났네. 송 대감이 냅다 그놈을 끌고 와서.

"이놈, 이런 고약한 놈이 있나."

"아이구, 죽을죄를 졌습니다."

"너의 죄는 죽어 마땅하지만 너의 글 짓는 것을 들어 보고 결정을 해도 늦지 않겠지?"

"아, 말씀만 해주십시오"

"그래, 그럼 '되 승升' 자로 지어 보거라."

한 되, 두 되 하는 그 글자거든. 송 대감이 운을 내자 홍언필이 바로 글을 지었어.

"동도춘풍구십풍東倒春風九十風 석춘소녀누만승惜春少女淚萬升"

'동쪽바람에 봄이 무너지니, 봄을 아끼는 젊은 색시가 눈물이 한 되로구나!'라고 한 거지.

그러고는 또 송 대감이

"등나라 등滕!"

이라고 하자,

"탐화봉접探花蜂蝶 하수책何誰責 상공풍도上公風度 하여등何如滕"

이라.

'꽃을 보려는 벌과 나비를 왜 책망하느냐. 대감의 풍도風度가 등나라 같구나'라는 말이지.

등나라가 어딘고 하니 초나라와 제나라 사이에 있던 작은 나라인데, 초나라하고 사귀면 제나라가 뭐라고 하고 제나라하고 사귀면 초나라가 야단을 하고 그랬지. 일국의 정승이라고 하는 사람의 풍도가 이 등나라 같다는 말이지.

송 대감은 결국 홍언필을 사위로 삼게 되었어. 양반에게 시집을 간 언니들은 홍언필의 부인이 된 동생에게

"이 매친 년아. 아, 그래 어디 사내가 없어 상노에게 시집을 가? 에이 요년, 요년."

이러고선 구박을 해댔지. 그러다 송 대감집 사위들이 모두 과거를 보러 갔게 되었어. 얼마 후 마을에 삼현육각三絃六角을 잡고 어사화를 꽂은 장원급제 행차가 들어오고 있었어. 언니들이 "우

리 낭군들이 장원을 했지. 너희 상노놈이 뭘 했겠니?" 그러는
데 웬걸, 홍언필이 들어오는 거라. 상노 사위만 붙고 다른 사위
는 죄 떨어진 거지. 나중에 홍언필은 끝까지 힘써서 정승까지 되
었어. 그의 아들 홍섬도 인품과 도량이 넓어 정승을 했대. 상노
놈의 집안에 이대에 걸쳐 정승이 난 거지. 후에 아들 홍섬은 부
리던 하인 중에 재주가 뛰어 난 유극량을 종문서를 줘서 속량을
시켜 줬다고도 해. 종도 자격이 훌륭한 사람은 써 줘야 하는 거
야. _여주군 여주읍

3-4. 벼슬 사기① — 내가 벼슬하면 개자식이오

이경화라는 사람이 있었는데 부유한 토호였어. 이경화의 소원은 무과武科에 급제해서 나라에 이바지하는 것이었어. 활도 잘 쏘지, 칼도 잘 쓰지, 그러니까 여러 차례 무과를 보았어. 그런데 어쩐 일인지 계속 낙방만 하는 거야. 이경화는 '안 되겠다. 이놈의 벼슬, 돈을 주고 사서라도 하고 말겠다'고 마음을 먹었어. 그래서 부인에게 부탁해 돈 삼만 냥을 마련하여 병조판서를 만나러 서울로 가기로 했어. 부인이 그의 옷깃을 잡고 말했어.

"서울은 기생이 많다고 하던데 부디 집안을 위해 당신의 몸을 잘 처신하세요."

"염려 마시오."

그러고는 과천의 역관驛館에 거처를 정하고 삼만 냥을 가지고는 병조판서 집을 찾아가기로 했어. 가는 길에 어떤 호리호리한 녀석이 다가와서는

"제가 병판댁에 묵는데 지금 대감은 삼남지방에 가셨소."

"그게 무슨 말씀이오?"

"아, 대감이 삼남을 순찰하러 가셨단 말이오."

"그럼 병판께선 언제 오십니까?"

"며칠은 걸릴 터인데 무슨 일로 그러시오?"

이경화는 순진하고 솔직한 사람인지라 병판을 찾아온 내력을 다 얘기해 줬어. 그러자 호리호리한 녀석이 하는 말이

"아! 그럼 됐습니다. 나리."

하고는 아는 체를 하고 나섰어.

"대감댁 작은마님 아드님이 내일모레 돌입니다. 돈을 얼마 보내시지요."

이경화는 돈을 얼마간 내주었어. 그랬더니 이놈이 계속해서 이런 저런 일을 만들어 이경화에게 돈을 뜯어내는 거야.

"내일모레 병판대감을 만나려면 금관조복을 입어야 하오."

라고 했어. 이경화는 남은 돈을 다 털어 주며 말했지.

"그럼 그걸 사다 주시오."

이경화는 그가 사다 준 금관조복을 입고서 여관집 넓은 방을 돌아다니며 술을 마시고 기고만장해서 떠들어 댔어.

"내가 이제 내일모레면 벼슬자리에 나갈 것이다."

그런데 이틀이 지나고 사흘이 지나도 그놈이 안 오네. 돈도

다 내주고 한 푼도 없는데, 큰일이 났지. 이경화는 이제야 속았다는 것을 알았어. 결국 이경화는 금관조복 하나만 달랑 남기고 돈 한 푼 없이 집으로 돌아가며 소리쳤어.

"벼슬을 하는 놈은 죄다 개자식이오. 내가 앞으로 벼슬하면 개자식이오."

그러고는 집으로 돌아가 다시는 벼슬할 마음을 품지 않고 잘 살았대. _화성군 매송면

3-5. 벼슬 사기② ─ 어디 가 그런 소리 하지 마라

어떤 시골 사람이 벼슬을 사기 위해 땅을 팔아 정승을 찾아갔어. 그런데 정승은 돈만 받아먹고서 벼슬은 주지 않았어. 하는 수 없이 집으로 돌아가는데 어찌나 억울하던지 하룻밤 묵게 된 주막의 주모에게 사연을 털어놓았어. 그러자 주모가,

"내게 좋은 수가 있소. 나하고 같이 그 정승의 집에 갑시다."

두 사람은 부부 행세를 하며 정승을 다시 찾아갔어.

"집으로 돌아가니 땅을 몽땅 팔아 대감께 바친 탓에 식구들이 모두 밥을 빌어먹으러 나가고 저희 부부만 겨우 남았습니다. 살 길이 막막하니 대감댁 행랑에 들어 벌이나 좀 해먹을까 합니다."

하는 수 있나. 정승은 행랑을 내주고 밑천을 대주었어. 시골 사람은 받은 밑천은 다른 데 감춰 두고선, 다 털어 먹었다며 또 오고 또 오고 했어. 하루는 시골 사람이 병이 들었다며 드러눕더

니 며칠 후 부인이 찾아와 남편이 죽었다며 통곡을 하는 거야. 대감은 속을 썩이던 시골 놈이 죽었으니 부인까지 차지할 생각에 장사를 아주 잘 지내 주라고 돈을 넉넉히 대 주었어. 장사 지낼 준비를 하느라 이래저래 바쁜데 하룻밤이 지나더니 그놈이 도로 살아났다는 거야. 정승이 놀라

"너 어떻게 된 일이냐?"

하고 물었어. 시골 사람이 시치미를 뚝 떼고

"저승엘 갔더니 아직 올 때가 안 됐다고 도로 보냅디다."

라는 거야. 아무 말 안 했으면 될 걸 이 정승이,

"너 혹 저승에서 우리 아버님을 뵈었느냐?"

고 물었어. 그러자 시골 사람이 능청을 떨며 말했지.

"아이구! 말씀 마십쇼. 말씀 마십쇼. 노대감께선 여기서 그렇게 정승으로 권세 좋게 계시더니 저승 가선 돼지 잡고, 소를 잡습디다."

"네 이놈, 어디 가서 그런 소리 하지 마라."

하고는 돈을 주며 비밀로 할 것을 부탁했어. 시골 사람은 걸핏하면 노대감 얘기를 꺼내고 그럴 때마다 정승은 돈을 주며 입을 막았어. 결국 시골 사람은 뺏긴 돈의 몇 배를 받아 나왔지. _여주군 여주읍

3-6. 저희 집의 예는 그렇게 하지 않습니다

어느 고을에 한 양반이 살았는데 이 양반이 어찌나 예의를 따지는지 아들 장가를 못 들였어. 재산도 있고 권세도 있는 집안이지만 딸을 시집보내면 예의를 따져 출입도 못하게 될 판인 데다 걸음걸이며 말씨, 솜씨, 손님 접대에 봉제사奉祭祀까지, 한두 가지라도 빠지면 쫓겨날 게 뻔하니 어떤 사람이 이렇게 무서운 양반네로 딸을 시집보내겠어.

그 양반집에서 한 이십 리쯤 떨어진 곳에 심沈 학자가 살고 있었어. 학자로 살다 보니 집안이 궁색하여 밥은커녕 겨우 죽이나 쑤어 먹었지. 하루는 과년한 딸이 부엌에서 죽을 쑤다가 아버지와 어머니가 하는 얘길 듣게 되었어.

"저 고을 양반집으로 시집을 보내면 우리 살림이 조금 나아질 텐데. 가서 감당을 할는지 못할는지."

"만약 쫓겨나면 이나마 죽도 못 먹고 살 텐데, 참 난감한 일이

구려."

딸은 아버지가 외출한 틈에 어머니를 졸랐어.

"어머니, 저를 그 집으로 시집보내 주세요."

"애, 너 그게 무슨 소리냐? 네가 무얼 배웠다고 그 집에 시집을 간단 말이냐. 간다 한들 가서 사흘도 못 되어 쫓겨 올 텐데, 그건 안 된다."

"글쎄, 절대 그런 일은 없을 테니 염려하지 마시고 시집만 보내 주세요."

이 얘길 들은 심 학자는 처음엔 펄펄 뛰며 반대를 했지만 결국은 승낙을 했어. 그 양반네도 심 학자의 딸이라면 틀림없을 거라며 흔쾌히 받아들였어.

며느리는 혼례를 치르고 난 다음날부터 식전에 일어나 "안녕히 주무셨어요?" 하고, 저녁엔 "안녕히 주무세요" 하고 문안인사를 드렸어. 그렇게 이틀이 지나고 그날도 시부모들이 의관을 정제하고 문안을 받으려 기다리는데 한참이 지나도 며느리가 나오질 않는 거야. 이 양반이 골이 버쩍 나서는 며느리가 데리고 온 몸종을 불렀어.

"너희 아씨는 시집 온 지 며칠이나 되었다고 문안인사를 오지 않느냐? 도대체 무슨 예가 이렇단 말이냐?"

"예, 곧 나오실 겁니다."

하고는 쫓아 들어가서

"아씨, 왜 진작 나가시지, 나리 마님이 저렇게 걱정하시게 하세요?"

"이런 미련하구나. 가서 우리 집 예문엔 아랫사람한테 예를 받으려면 먼저 사당에 예를 올린 뒤에 받는다고 여쭈어라."

시아버지가 듣고 보니 맞는 말인 거라. 별수 없이 엄동설한에 산 중턱의 사당에 올라가 문안을 드려야 했지. 일흔이 넘은 노구를 끌고 산을 오르니 몸은 벌벌 떨리고 가죽신은 미끄러워 언 땅을 걷기가 더 어려웠어. 겨우 올라가 사당문을 열고 절을 하고 내려오는데 고생스럽기가 올라가는 것보다 더해. 주저앉아 기다시피 내려오니 꽃 같은 며느리가 들어와 예를 올리는 거야.

"다녀오시느라 얼마나 수고스러우십니까?"

하고는 고사리 같은 손으로 절을 하고 뒷걸음질을 쳐 나가는 것 보니 선녀가 따로 없었어. 시아버지는 '늦게 며느리를 얻었어도 참 잘 얻었구나' 생각했지. 하지만 저녁에 또 사당에 오를 일이 걱정이었어. 이걸 매일매일 해야 하니 늙은이가 배길 도리가 있어야지. 그래서 부인을 불러 말했어.

"여보, 이대로 문안 받다가는 내가 지레 죽겠소. 그러니 며늘아이보고 제발 좀 그만두라고 승낙을 받아 주시오."

시어머니가 며느리를 불렀어.

"얘, 아가. 예의도 좋지만 사람이 살고 봐야지, 어떻게 하니.
너희 시아버지는 지금 70이 넘은 늙은이가 아니냐? 아침, 저녁
으로 사당을 다니시려니 당최 될 말이냐? 그러니 그만두는 게
어떠냐?"

"그게 무슨 말씀이세요? 어머니, 저희 집 예로는 석 달을 해야
합니다."

점잖은 시어머니 입장에 며느리가 거절을 하니 떼를 쓸 수도
없고 어떻게 하겠어. 그냥 돌아 나와서 영감에게 얘길 했지. 영
감은 낙심천만이지만 어쩔 수 없는 일이었어. 사흘째 되는 날 다
시 며느리를 불러서 사정을 하고야 그만두게 되었어. 이렇게 해
서 꾀 많은 며느리는 자기 맘대로 시집을 살게 되었대. _화성군 양
감면

3-7. 아무리 봐도 이방이다

풍채도 좋고, 돈도 많고, 글재주도 좋아 세상에 모르는 것이 없는 이방이 있었어. 이쯤 되고 보니 자신도 양반 행세를 한번 해 봐야겠다고 생각했어. 그래서 좋은 도포를 해 입고 사인교네 사람이 메는 가마에 떡하니 앉아 나졸들을 사서 메게 했어. 그렇게 한바탕 벌이고선 평양 감영 구경을 갔지. 길라잡이까지 앞세우고 아주 큰 대신의 행차처럼 말이야. 그랬더니 다른 사람들이 아주 높은 양반이 가시는 줄 알고 다들 물러서는 거야.

"이러, 이러, 이러"

하면서 길라잡이를 흔들어 제치니까 행인들이 전부 가던 길을 멈추고 쫙쫙 갈라섰어. 모두 부러워하며 쳐다보았지. 대동강 나루터에 이르자 이방이 "사공 놈아, 배를 대어라!"며 소리를 질렀어. 사공이 건너다 보니 어마어마한 대감의 행차인 거야.

"예이!"

하고는 냅다 노를 저어 왔지. 그렇게 건너와서는 사륜거 안을 슬쩍 들여다보더니 사공이 픽 한 번 웃었어. 그러고는 바로 "뱃삯을 내슈" 하는 거야.

"네 이놈! 먼저 돈을 내라니, 천하에 죽일 놈!"

사륜거 안에서 가짜 양반이 호통을 쳤어. 그러자 사공이 다시 한번 픽 하고 웃더니,

"별 되지 못한 놈을 다 보겠네. 한끝 해먹었어야 이방 놈밖에 못해 먹었겠다. 다른 이에게는 한 냥을 받지만 당신에게는 석 냥을 받아야 되겠으니 석 냥 내시오."

이방이 듣자 하니 뱃사공 놈이 엄청나거든. 할 수 있나, 그저 석 냥을 내고 배를 탈수밖에.

이렇게 강을 건너 양반 행세를 하면서 평양 시내를 구경하다 해가 저물었어. 하룻밤을 묵을 여막旅幕을 찾는데 손님이 다 들어서 방이 없었지. 사정이 이렇자 여막 주인이 말했어.

"어느 고을 사또 어른 한 분이 혼자 방을 쓰시는데, 두 나으리께서 같이 얘기도 하실 겸 한 방에 드시면 어떻겠습니까?"

"그래, 좋다."

이방은 속으로는 떨렸지만 싫다고 할 수 있나. 썩 들어갔더니, 풍채며 차려입은 것이 보기에도 대단해 보이는 양반이 있었어. 여막 주인이 저녁상을 차려오자 이방은 사또와 수인사를 나누

고 밥상을 마주 보고 앉아 저녁을 먹었어. 사또가 이방의 밥 먹는 모양을 보아 하니, 엎드려 숟가락을 가져가면 갓이 내려오거든. 그러면 숟가락으로 갓 끝을 쳐서 치밀어 올리고, 조금 있다 갓이 내려오면 또 이렇게 치밀거든, '저놈이 양반이 아니구나. 어느 군에서 사무를 보는 이방쯤 되는 놈이렷다' 생각하고는 호통을 쳤어.

"여봐라! 이놈을 당장 끌어내거라. 천하에 이런 고얀 놈을 봤나? 네 놈이 어딜 감히 양반 행세를 하느냐?"

나졸들이 이방을 냅다 끌어다가 마당에 내동댕이쳤지. 이방은 쫓겨 나와 양반이고 뭐고, 나졸이며 사륜거도 다 내 버리고, 혼비백산 하여 그 밤을 내달려 집으로 도망을 갔대. _여주군 대신면

3-8. 날이 홀랑 벗어졌구나

돈 많은 시골 부자가 양반 행세를 하고 서울을 갔어. 시골 부자는 어느 양반집에 머물렀는데 주인은 그가 양반인 줄 알고 함께 잠을 잤어. 식전에 일어났는데 날이 흐리고 비가 오더니 쾌청해졌어. 그러자 시골 부자가 문을 열더니

"아, 참 일기가 쾌청하구나!"

이랬으면 좋았을 텐데,

"아이구야, 날이 홀랑 벗어졌구나!"

이랬단 말야. 그 말을 들은 주인 양반이

"이 자식, 천하에 망할 상놈의 자식이 왔구나!"

하고 내쫓았대. _여주군 여주읍

3-9. 저런 죽일 놈이

넉넉한 살림에도 마부 하나만 두고 사는 대감이 있었는데, 한양으로 여행을 나섰어. 마부더러 말을 끌게 하며 당부했지.

"애야, 서울은 눈 없음 코 베어 먹을 세상이니 정신 바짝 차려야 한다."

한참을 가다 점심때가 되어 마부에게 점심을 사 오게 시켰지.

"뭘 사올까요?"

"팥죽을 한 그릇만 사 오너라."

사람은 둘인데 한 그릇만 사 오라니? 괘씸하지만 별수 있나. 마부가 팥죽을 사오는데 대감이 가만히 보니 마부가 팥죽에서 손가락으로 뭘 건지고, 건지고 하거든.

"너 뭘 하는 게냐?"

"아, 가져오다 그만 코를 빠뜨렸습니다."

"에이, 이놈의 새끼! 너나 먹어라."

그 말이 떨어지자마자 마부는 팥죽을 낼름 먹었지. 저녁때가 되어 여관에 들었어. 마부가 여관 주인에게 저녁상을 시키며 말했어.

"우리 대감께선 뜨거운 것을 좋아하니 그릇을 좀 펄펄 달궈서 거기다 밥을 담아 주세요."

저녁상을 올리고 문 앞에 가만히 섰으니 대감이 밥을 먹으려고 식기를 잡다가

"옛 뜨거."

하거든 그러자

"예, 여기 있습니다."

하고 방으로 낼름 들어갔어. 마부의 이름이 옛득이거든. 대감이 숟가락질을 하다가 뜨겁다고 상을 내미니

"왜 진지를 안 잡수십니까?"

하고는 상을 번쩍 들어다 먹어 치우는 거야. 대감은 배도 고프고 속이 상해 마부를 어떻게든 돌려보내야겠다고 생각했지. 이튿날 대감은 볼일을 보러 잠간 다녀오기 위해 마부에게 말을 맡기며 말했어.

"내 저기 잠간 볼일 보고 올 테니 여기서 꼭 말을 잘 붙들고 있도록 해라."

"예."

돌아와 보니 마부 녀석이 땅에다 코를 틀어박고는 고삐만 붙들고 엎드려 있는 거야.

"너, 말 어쨌니?"

"아 이거 봐요. 코 베어 간다기에 코를 붙들고 이렇게 엎드렸더니, 어느 놈이 말을 잘라 갔어요."

"저런 죽일 놈, 저놈을 어쩔꼬!" _여주군 북래면

4부

알 수 없는 신묘한 이야기

4-1. 벼락 맞은 형

어느 마을에 아버지, 어머니도 없이 형제만 둘이 사는 집이 있었
는데 형은 동생이 벌어다 주는 것을 받아먹기만 했어. 게다가 욕
심도 많아서 동생이 잔치에서 밥과 반찬을 얻어 와 형에게 주면
형은 동생에겐 하나도 주지 않고 혼자서 다 먹어 치웠어. 하루는
형이 동생에게 말했어.

"이제 우리 그만 갈라서자."

"형님과 떨어지면 저는 못 살 텐데, 어떻게 그리 합니까?"

하고 동생이 애걸을 했지만 소용이 없었어. 형은 보따리를 싸
서는 동생을 호랑이가 나오는 작은 길로 들여보내고 자기는 큰
길로 갔지. 동생이 형과 헤어져 고개를 넘어가는데 웬 주머니 하
나가 길에 떨어져 있는 거야. 들여다보니 돈이 가득 들어 있었
어. 동생은 '주인을 찾아 주어야겠다' 생각하고 돈주머니를 들
고 오던 길을 되돌아갔는데, 가던 길에 형과 딱 마주치게 됐어.

"형님, 왜 거기 계시우?"

"어? 그러는 넌, 거 들고 오는 게 뭐냐?"

"오다 보니 돈이 가득 든 주머니가 떨어져 있기에 주인을 찾아주려고 가는 길입니다."

"그래?"

형은 그 말을 듣자마자 동생을 산중으로 끌고 들어가 나무에 꽁꽁 붙들어 맸어. 그러고는 돈을 빼앗고 동생의 두 눈까지 빼 버리고 도망을 갔어. 동생이 통곡을 하며 울자 근처 절에 있던 중이 애 우는 소리를 듣고 이상히 여겨서 그곳으로 가 보았지. 가서 보니 누가 애를 나무에 동여 매고는 두 눈을 빼 놓았네. 중은 아이를 절로 데려가자니 그 모습이 너무 불경스러워 마을로 가는 길을 일러 주었어.

"저기로 내려가면 큰 집이 있을 게다. 그 집 안으로 들어가지 말고 복나까리[복을 준다고 하여 나무나 풀 또는 짚 따위를 쌓은 더미. 복대기라고도 함]에서 자거라."

동생은 간신히 더듬더듬 산을 내려와 큰 집의 복나까리 속에 가만히 들어갔어. 밤이 으슥해지자 도깨비들이 우르르 몰려와 떠들어 댔어.

"인간들은 참 미련도 하지. 이 집에 복숭아나무가 있는데 복숭아가 세 개 달렸거든. 그걸 먹으면 눈이 밝아지는데 미련해서 그걸 몰라."

"맞아 맞아. 인간들은 미련도 하지."

"저기 아무개네 부잣집에 무남독녀 외딸이 병이 들어 오늘내 일하거든. 무당 판수를 불러 오고, 의원이란 의원은 죄다 불러 대도 고치질 못하고 있지. 사실은 그 집 대들보에 지네들이 들었 는데 그 나무하고 딸하고 운이 맞질 않아서 그런 거거든. 대들보 만 기름가마니에 끓여서 없애 버리면 살아날 텐데 말이야."

"맞아, 맞아. 인간들은 미련두 하지."

"그리고 말야. 저 아래 홀아비 짚신장수가 사는데 그 집 장독 밑에 은항아리가 들었거든. 그것만 꺼내면 잘 먹고 잘살 텐데, 그걸 모르고 장사만 하러 다니며 홀아비로 살고 있다니까."

그렇게 미련한 인간들 이야기를 잔뜩 늘어놓더니 날이 밝자 모두 달아나 버렸어. 동생은 더듬더듬 나와서는 복숭아나무를 찾아 기어 올라갔지. 도깨비들이 말한 대로 복숭아 세 개가 열려 있었어. 하나를 따 먹으니 눈이 빤하게 보이고, 또 하나를 따 먹 으니 샛별 같고, 마지막 세 개째를 먹으니 눈이 어찌나 밝은지 몰라. 이렇게 다시 눈을 뜨게 된 동생이 복숭아나무에서 내려와 길을 나서는데 동생 앞으로 두루마기를 입은 한 사람이 부리나 케 달려가거든.

"여보시오! 어딜 가시오?"

"저 아래 부잣집 무남독녀가 병이 들어 오늘내일해서 의원을 부르러 가는 길이오."

"저를 데리고 가면 어떻겠소?"

"댁을 데리고 가 뭐하게?"

"글쎄, 그 병은 내가 잘 아니 가서 한번 봐야겠습니다."

동생이 그 사람을 따라 가 보니 한쪽에선 무당이 굿을 하고, 한쪽에선 의원을 찾고 야단법석이었어. 주인이 피투성이 옷을 입고 거지꼴로 서 있는 동생을 보더니 화를 내며 말했어.

"의원을 불러 오랬더니 어째 이런 놈을 데려 왔느냐?"

동생이 나서며 말했어.

"제가 들은 얘기가 있어서 그럽니다. 제 말대로 해보시지요. 저 대들보를 빼서 도끼로 자르고 가마솥에 기름과 함께 넣어서 며칠 동안을 끓여 보십시오."

그 말을 듣자 사람들은 야단들을 했지만 병든 딸의 아버지가 말했어.

"집이야 또 지으면 되지만 사람은 죽으면 그만이다. 그렇게 해보아라."

사람들은 동생이 시킨 대로 대들보를 빼서 가마솥에 넣고 기름에 끓였어. 이튿날 아침이 되자 그 집 딸이 일어나 밥을 먹고 돌아다니고 하는 거야. 부잣집 주인은 딸을 살려 준 동생을 사위로 삼았어.

이렇게 장가까지 들고 나니 도깨비들의 말이 다시 생각났어. 자기 집 장독에 은항아리가 있는 줄도 모르고 짚신장사를 한다는 홀아비가 있었잖아. 동생이 그 홀아비 집에 찾아가서 물었어.

"이 집을 제게 파시겠습니까?"

"그러지 않아도 집을 팔려고 하는데 당최 사려는 사람이 있어야지."

"그럼 제게 파시고 저희 집에 와서 지내시지요."

그러고는 은항아리를 꺼내서 부자가 되어 잘살고 있었지.

그러던 어느 날, 누가 아침부터 밥을 빌러 왔는데 동생이 보니 저희 형인 거라. 사람들에게 물을 데워 목욕을 시키고 옷을 잘해 입히라고 했어. 그리고 아랫목에 앉혀 겸상을 하고 마주 앉았지.

"형님, 저 모르시오? 형이 이전에 저를 나무에 매달고 제 두 눈을 뺀 것을 모르십니까?"

"아니, 니가 어떻게 이렇게 됐단 말이냐?"

하고는 시치미를 뚝 떼거든. 동생은 그동안 있었던 일을 모두 얘기해 주었어.

"어디 가시지 말고 여기서 사시지요."

동생 덕에 편히 살게 되자 형은 마누라를 얻어 달라, 새 집을 지어 달라, 욕심을 내기 시작했어. 착한 동생은 형에게 마누라도 얻어 주고 새 집을 지어 주고 세간을 내주기로 했어.

형의 살림이 나가는 날이었어. 이사를 가는 길에 형의 발이 그만 땅에 들러붙어서는 떨어지질 않는 거야. 삽으로 땅을 파 보아도 발이 점점 깊이 땅 속으로 들어 갈 뿐이었어. 그때였어. 갑자기 맑은 하늘에 천둥번개가 치더니 형에게로 벼락이 딱 떨어졌어. 형이 벼락을 맞아 죽어 버린 거야.

그날 밤에도 도깨비들이 모여서 수다를 떨었겠지? '인간들은 참 미련도 하지' 하면서 말야. _용인군 원삼면

4-2. 도깨비들의 산밥 수다

가난한 선비 김 진사와 부자 백정이 한 마을에 살고 있었어. 어
쩌다 김 진사 부인과 백정의 부인이 나란히 아이를 가지게 됐지.
산달이 되자 가난한 김 진사는 부인의 산후 조리를 위해 친구에
게 구걸을 하러 갔어. 돌아오는 길에 날이 어두워졌지. 어느 서
낭의 모퉁이를 막 도는데 키가 커다란 도깨비 둘이 얘기를 하는
소리가 들리는 거야. 김 진사는 살림은 가난하였지만 배운 것이
있어서인지 귀신 소리를 들을 수 있었거든.

　"하! 김 진사 집엘 갔는데, 이놈의 집이 어찌나 어려운지 산밥
_{출산 후 산신(産神)에게 밥을 해서 바치는 것} 끓일 것도 없어. 한 움큼 뭘 끓
이는데 땔감도 없어서 변소 말장 빼놓은 것으로 불을 때니 더러
워서 먹을 수가 있나. 결국 아무것도 못 먹고 왔다."

　"그래? 난 백정의 집으로 갔는데 거긴 부자야. 나무를 때서 좋
은 쌀로 밥해 줘서 잘 먹고 왔네."

김 진사가 가만히 들어 보니 자기 집과 백정의 집 얘기인 거라. '우리 집엘 갔다 왔구나' 생각했어. 도깨비들이 얘기를 계속했어.

"그런데 백정은 부자래두 딸을 낳았어. 그래도 잘 얻어먹고 왔으니 내가 한 달에 소금 여섯 가마씩 먹게 점지를 하구 왔지."

"난 더러워서 못 먹었으니, 김 진사 아들에게 죽도 한 그릇 못 먹게 마련하구 왔네."

"그렇지만 둘이 혼인을 하면 생전은 괜찮을 텐데. 그래도 양반이라고 그걸 알아서 백정하고 혼인을 할까 몰라."

김 진사는 마누라가 아들을 낳았다지만 이 얘기를 엿듣고는 너무나 서운한 마음이 앞섰어. 이다음에 잘 살겠다는 소릴 들어야 하는데 복이 그렇게 없다는 소리를 들었으니 말이야.

그럭저럭 세월이 흘러 가난한 살림에 아들이 혼인할 때가 되자 김 진사는 백정을 불렀어.

"자네, 내 얘길 잘 들어 보게."

애어른 할 것 없이 '이놈, 저놈' 소릴 듣고 살다가 갑자기 양반이 '자네'라고 부르니 백정은 깜짝 놀라 펄쩍 뛰었어.

"별안간 자네가 뭡니까. 너무 과하십니다."

"자네 나하고 사돈을 맺는 게 어떤가? 자네 딸하고 우리 아들하고 혼인을 시키세."

"황송하게 어떻게… 저희 딸하고 혼인을 하다니요. 그런 말씀 마십시오."

"그러지 말고 내 말을 듣게나."

백정은 속으로는 좋아 죽겠지만, 너무 넘친다고, 그러니 못한다고 말하고 집으로 돌아왔어. 그러고는 몰래 광에 들어가 한바탕 춤을 췄어. '아따, 뭐 내가 잘나 그렇겠냐. 돈이 많아 그렇겠지' 하면서 덩실덩실 춤을 추었지. 이날 김 진사에게 또 기별이 왔어. 백정은 김 진사댁과 혼인이 정해지자 돈이며 쌀이며를 자꾸자꾸 실어다 주었어. 김 진사 아들과 백정 딸은 혼인을 하여 아들 형제를 낳고 잘 살았지. 김 진사는 아들에게 늘 당부했어.

"내가 죽은 후에라도 서로 위하면서 잘 살면 사는 동안 괜찮을 테니, 네 아내 신분을 갖고 괄시하지 말아라."

하지만 김 진사가 죽자 아들은 아버지의 당부를 지키지 않고 아내를 '네까짓 백정의 딸년'이라며 구박하고 두들겨 패더니 결국 내쫓아 버렸어.

백정의 딸은 집에서 쫓겨나 이리저리 헤매고 다녔어. 그러다 깊은 산중에서 노모를 모시고 숯을 굽는 가난한 숯쟁이 총각을 만났지. 집에서 쫓겨나 갈 곳도 가릴 것도 없는 처지니, 함께 살자는 숯쟁이 총각 모자의 청을 들어 함께 살기로 했어. 혼인을 하고 사흘이 지나자 밥을 지어 처음으로 숯 굽는 가마에 갔어.

밥을 내려놓고 가만히 보니 숯 구덩이에 쌓아 놓은 돌이 죄다 금덩이더래. '저것만 있으면 생전 부자 노릇 할 텐데, 저게 금인 줄 모르고 돌로 알고 숯만 굽고 있구나.' 그러고는 집으로 돌아와 숯쟁이 남편더러 돌을 몇 개씩 가져와 내다 팔게 했어. 그래서 땅도 사고, 집도 사고, 아들 형제도 낳고, 잘살았지. 그런데 부인은 김 진사집에 두고 온 자식 생각에 얼굴을 펴지 못하고 시름을 하였어. '내가 없으니 저놈의 집이 거지가 됐을 텐데… 자식들을 앞뒤에 세우고 밥을 빌어먹고 다닐 텐데…' 하며 자식들이 불쌍해 얼굴을 펴지 못했어.

하루는 숯쟁이 남편이 물었어.

"당신은 무엇 때문에 돈이 이렇게 많고, 좋은 집을 지니고, 땅도 몇 섬지기를 샀는데도 얼굴에 시름이 가득한 거요?"

그러자 부인은 그동안의 이야기를 다 하고서 석 달 열흘만 거지 잔치를 열어 달라고 부탁했어. 돈이 없나 뭐가 없나, 당연히 그 소원을 들어 주었지. 그날부터 비단으로 삼부자의 옷을 지어 놓고 육간대청에 주렴을 드리고 찾아오는 거지들을 살폈어. 그런데 석 달 열흘이 다 지나도록 전남편도 자식도 오지 않았어, 마지막 날 음식도 다 떨어질 무렵에 마침 세 부자가 들어오는데 꼴이 말이 아니었어. 그 꼴을 보니 분하기도 하고 괘씸하기도 했지만 자식들이 너무 딱했어. 몸을 깨끗이 씻기고 지어 놓은 비단

옷을 입혀 배불리 먹였지. 그리고 돈을 잔뜩 주며

"이거 갖고 가서 잘 먹고 잘사시오."

하고 보냈어.

부인이 삼부자를 보내 놓고 가만히 생각해 보니 돈만 줘서 보내서는 안 되겠더래. '이 돈은 먹을 때뿐이지 애초에 복이 없는데다 불리지 못하면 소용이 없을 텐데. 내가 시아버지 유언을 생각해서라도 할 수 없이 저 자식들하고 함께 가야겠구나.' 생각하고 숯쟁이 남편에게 말했어.

"제가 여기 와서 부자도 되고 아들 형제를 낳아 생전에 걱정 없이 먹고살게 되었으니 이제 돌아가겠습니다."

그러고는 전에 살던 집으로 다시 돌아와 삼부자와 함께 부자가 되어 잘 살았대._여주군 가남면

4-3. 배만 부르면

어느 산골에 나무를 해다 팔아서 그날그날을 먹고사는 나무꾼이 있었어. 나무 한 짐을 팔려면 이십 리를 지고 가야 했지. 어느해 섣달 스무여드렛날이야. 사람들이 제사 지낼 준비를 하느라떡이며 술이며 음식을 장만하는 바쁜 때였어. 나무꾼도 나무를팔아 쌀을 사야 자기도 섣달 그믐날 먹고 놀 수 있다는 계산으로 나무를 두 짐을 해다 놨지.

"한 짐은 팔아서 섣달 그믐날까지 먹고, 또 한 짐은 정월 초하룻날 나무를 못할 테니 그날 먹을 걸로 해 놓았고. 섣달 그믐날은 실컷 놀 수 있겠군."

스무아흐렛날 아침, 나무꾼이 나무를 팔러 가기 위해 문을 열고 나가 보니 나무 한 짐이 사라지고 없는 거야. 동네 사람이 가져 갈 리도 없고, 나무꾼은 기가 막혀 어찌 할 바를 몰랐어. 그래서 길바닥에 주저앉아 통곡을 했어.

"아이고 하느님, 나같이 복도 없는 놈이 어디 있을까? 이제 초하룻날 끼니를 뭘로 때우나? 하늘도 무심하지, 어찌 내겐 복이 이렇게도 없이 했을까?"

옥황상제님이 가만히 보니 그 나무꾼의 복이 매일 나무 한 짐씩 해서 팔아먹을 복밖에 없는 거야. 그래도 측은하고 불쌍해서 무지개를 타고 내려와서 물었어.

"넌 왜 그렇게 우는 게냐?"

"제가 스무여드렛날 나무 두 짐을 해다 놓고 한 짐은 팔아서 그믐날 먹고, 남은 한 짐은 팔아서 정월 초하룻날 먹고, 그믐날 하루는 놀 것을 계획했는데 내 나무 한 짐을 누가 가져가 버렸으니 먹을 것도 없고 놀 수도 없게 되어 원통해서 웁니다."

"아하, 그럼 네 소원이 무엇이냐?"

"예, 저는 배부른 게 평생 소원입니다."

"그래, 넌 배만 부르면 제일 좋단 말이냐?"

"배만 부르면 다 괜찮지요."

"그럼 걱정말고 기다리고 있거라."

옥황상제가 하늘로 올라가더니 잠시 후 다시 내려와 나무꾼을 불렀어.

"나무꾼은 이리로 오너라."

그때 마침 살이 뚱뚱하게 찐 이웃집 개가 주먹 같은 눈을 뒤

룩뒤룩 굴리고 돌아다니며 동네 개들을 죄다 물어 죽이고 있었어. 옥황상제가 그 개를 보고,

"저놈의 개가 잘 먹고 기운이 세니 배가 흠씬 불렀구나. 저놈을 잡아야겠다"

라고 하더니 그 부잣집 개의 눈알 두 개를 쑤욱 빼는 거야. 그러고는 그걸 가져다 배부른 게 소원이라는 나무꾼 눈에다 박아 주었어.

나무꾼이 눈을 비비고 살펴보니 다니는 길마다 온통 떡과 술이 널려 있는 거야. 혼자 먹을 수야 있나. 같이 먹자고 사람들을 부르기라도 하면,

"아니, 난 많이 먹었네."

하고는 꽁무니를 빼고 달아나는 거라. 다른 사람 눈엔 죄 똥인 것이 개 눈 박은 나무꾼 눈엔 모두 떡이랑 술로 보였던 거지.

_ 안성군 안성읍

4-4. 그만큼 해줬으니 그만 오시오

관상도 보고 사주도 보는 사람이 있었어. 꿈 해몽도 잘했지. 어떤 사람이 형편이 어려워지자 답답한 마음에 장에 가서 여기저기를 기웃거리다가, 장터 한쪽에서 책을 펴 놓고 꿈 해몽을 하는 그 사람을 보고 오십 전을 내고 앉았어.

"꿈 해몽 좀 해주시오."

"어떤 꿈을 꾸었소?"

"간밤에 꿈을 꿨는데, 새 바구니를 얻었습니다."

라며 거짓으로 꿈을 지어내 말하는데,

"으음, 그러시오? 당신 오늘 배가 부르도록 잘 먹고 가겠소."

그런단 말이야. 꿈이 거짓말이니 잘 먹는다는 해몽도 맞을 리가 없지. 어찌 잘 먹을 수가 있겠어. 그러고는 돌아가는데 길에서 우연히 몇 해를 그렸던 사람을 만나게 된 거야.

"자네 오랜만이구만."

하면서 손을 잡아끌고 가더니 종일 국밥 한 그릇 못 먹은 사람에게 술에 밥에 진탕 사 주는 거야. 아주 잘 먹었지.

"야, 이거 참, 거 꿈 해몽 잘하는구나!"

하고 집으로 잘 돌아갔어.

이 사람이 며칠 집에서 일을 하다가 출출해지니 또 장에 나갔어. 가 보니 그 사주 보는 사람도 와 있네.

"여보슈. 나 꿈 해몽 좀 해주슈."

"저번에 왔던 이로군. 그래, 이번엔 꿈을 어떻게 꿨수?"

"반질반질 길이 잘 든 바구니를 얻었어요."

"으음, 당신 오늘은 저번만큼은 못 먹우. 이번에는 먹을 만큼 사 주걸랑 먹구, 집으루 가우."

그런단 말이지. 아, 그래서 이리저리 돌아다니는데 누가 붙잡고는 "자네 오래간만일세" 하면서 밥에 고기에 술을 사주는데 저번의 절반밖에 안 돼.

이 사람이 그렇게 얻어먹고 돌아오니 일할 맘은 안 생기고 꿈 해몽만 잘 하면 잘 얻어먹는, 고것만 생각난단 말이야. 그래 장이 돌아오기를 기다렸지. 장날이 되자 또 그 사주 보는 사람을 찾아갔어.

"아, 또 왔소?"

"또 꿈을 꿨는데 내가 꿈에 헌 바구니를 얻었소."

하니 이 사주 보는 사람이 입맛을 쩝쩝 다셔.

"왜 그러슈?"

"당신 오늘 여기 있지 말구 어여 부지런히 집으루 가우."

"왜여?"

"당신 여기 있다간 죽도록 매를 맞고, 집에도 못 가."

이 사람이 설마설마하고선 장을 돌아다니는데 웬 놈이 시비를 거는 바람에 사지가 늘어지도록 맞았지.

이 사람이 다시 돌아오는 장날을 기다려 사주 보는 사람을 찾아가 따졌어.

"아, 지난 장날 꿈 해몽을 그렇게 해주는 데가 어딨수?"

"왜?"

"아. 꿈에 헌 바구니를 얻었다고 했더니 집에 어여 가라고 했는데, 그날 매를 아주 되게 맞았수."

"거봐, 거봐, 틀림없지. 여보, 새 것일 적엔 반가우니까 사람이 사자구 덤비지, 길들이면 그저 볼 거 없구나 하지. 헌 바구니는 아궁이에 넣으면 불밖에 더 타?"

"정말 그러우?"

"이제 해몽하러 오지 말어. 당신이 여태 나한테 거짓말한 것을 내가 그만큼 해줬으니 그만 오시오."

과연 그 뒤로는 해몽하러 가지 않았대. _안성군 안성읍

4-5. 망태기와 호랑이 가죽

어떤 사람이 먹을 땟거리도 없이 어렵게 살고 있었어. 그러다 더이상 견딜 수가 없어서 어디 밥이라도 얻어먹을 데를 찾아 길을 나섰어. 좁은 산길을 가는데 동네도 없고 인적도 없어 막막했어. 얼마만큼을 가다 보니 다 쓰러져 가는 오막살이집이 한 채 있는데 불이 깜박깜박 하더래. 주인을 찾으니 노인 한 분이 나와.

"하루 저녁만 자고 갈 수 있겠습니까?"

"그러시오."

들어가 앉으니 줄 것이 없었던지 흰 죽을 한 그릇 주더래. 그렇게 저녁을 먹고 났더니 노인이 짚을 한 단 가지고 들어왔어.

"잠두 안 오고 심심한데 이걸루 새끼나 꼬시오."

하거든. 새끼를 꼬자,

"좀 가느소롬하게 꼬시오."

그러더니 이번엔

"망태기를 만들어 보시오."

라고 하는 거야. 그래서 부시럭 부시럭 해서 드문드문 망태기를 하나 얽었어. 그러자

"사람이 들어갈 정도로 큼직하게 얽으시오."

하거든 그래서 또 말하는 대로 큼직하게 얽었더니 그 안에 들어가 앉으라네. 시키는 대로 망태기 속에 들어가 앉았더니 노인이 후딱 둘러메고는 바깥으로 나갔어.

'하, 이거 큰일 났다. 젠장, 날 죽일라구 이러는가 보다'고 생각하며 죽는 줄 알고 근심하고 있었어. 노인은 망태를 짊어지고 산으로 기엄기엄 올라가더니 망태기를 사람째 큰 고목나무 가지에 턱 걸더래.

'망태기 안에서 나가지도 못하고 이제 꼼짝없이 죽었구나. 에이! 굶어 죽으나 이래 죽으나 마찬가진데 죽음 죽구, 살면 산다'라고 마음을 먹고 들어앉아 있었어. 조금 있자니 호랑이가 와서 이 사람을 잡아먹으려고 어흥거리며 나무를 딱딱 물어뜯고 막 기어오르려고 하는 거야. '하! 이젠 죽었구나, 꼼짝없이 죽었다' 하고 생각하는데 갑자기 호랑이가 뚝 떨어져 죽어 버렸어. 또 한 마리가 올라오다가 뚝 떨어져 죽고, 그렇게 큰 호랑이 두 마리가 나무에서 떨어져 죽었더래. 그리고 날이 훤하게 새니까 어제 그 노인이 올라오더래.

"거 참 고생 많이 했수. 이 호랭이를 끌구 가서 가죽을 벗겨 말리시오"

시키는 대로 가죽을 벗기고 그놈을 말려 놓으니, 이번엔

"장에 가서 내놓구 있으면 사러 오는 사람이 있을 것이오."

라는 거야. 노인이 시킨 대로 장에 갖다 놓고 앉아 있으니 해가 설핏 기울자 절렁절렁 소리를 내며 말을 탄 사람이 와서는 호랑이 가죽을 비싼 값에 사 갔어.

돈을 벌어 노인이 사는 오막살이집으로 돌아와 보니 집은 온데간데없고 소나무 한 그루만 서 있더래. _여주군 가남면

4-6. 천국이냐 지옥이냐

무판쟁이무판: 쇠고기나 돼지고기를 파는 가게를 냄가 있었어. 지금으로 말하면 백정이지. 이 백정이 나이가 먹고 보니 살생을 한 죄가 너무 많아 저승에 가면 지옥에 갈 것 같았어. 이 죄를 벗으려면 어디를 가야 하느냐 어느 대사에게 물으니 서천의 서역국에 가면 그 죄를 벗을 수 있다고 그러네. 그래 보따리를 해서 짊어지고 서천 서역국을 가기 위해 길을 나섰지.

얼마만큼을 가다 골짜기에 이르러 한 사람을 만났어.

"어디 가쇼?"

"사는 동안 죄를 많이 지었지요. 서천 서역국엘 가면 지은 죄를 좀 벗을 수 있을까 하여 가는 길입니다."

"무슨 죄를 그리 지었소?"

"도둑질을 해서 남에게 못할 노릇을 많이 했지요."

"아, 그러시오. 마침 나도 그리 가는 길이니 동행합시다."

이렇게 백정 하던 이와 도둑질 하던 이가 함께 가게 되었어. 여러 날을 가다 보니 좁은 길도 있고 넓은 길도 있었는데, 한번은 좁은 길을 따라 들어가 보니 길 끝에 절이 하나 있었지. 그 절은 논을 몇 백 마지기나 갖고 있었어. 백정과 도둑이 아침저녁으로 잘 얻어먹고 다시 길을 가려는데 절의 주지가 말했어.

"이 절의 논을 전부 다 줄 테니 누가 남아서 나의 수양아들 노릇을 하지 않겠소?"

백정은 죄를 벗으려고 서천 서역국으로 가던 사람이니 그런 맘을 안 먹지만 도둑질 하던 사람은 다른 생각이 있었어. '거 내가 수양아들이 되면… 그나저나 나도 서역국에 간다고 했으니 어쩐다….' 도둑놈은 어쩔 수 없다는 듯

"할 사람 없습니다"

라고 대답하고서는 다시 길을 나섰어. 그때 절에서 머물던 고승 한 분이 따라와 동행을 하게 되었지. 한참 길을 가는데 도둑질 하던 이가 갑자기 배를 움켜쥐고 말했어.

"에이구, 뒤가 마려워 못 참겠구려. 얼른 뒤를 보고 쫓아갈 테니 먼저들 가고 계쇼."

그러고는 뒤에 남더니 영 오질 않네. 이제 대사와 백정 둘만 가게 됐어. 아침 일찍 길을 나서서 이제 해가 머리 위를 지나갈 무렵이었어. 이번엔 함께 가던 고승이 무릎을 딱 치며 말했어.

"아차차."

"거 왜 그러슈?"

"지팡이를 판도방절에 고승이 거처하는 큰방에 두고 왔네그려."

덥든 춥든, 비가 오든 눈이 오든 그 지팡이를 꼭 짚고 다니는 사람인데, 원 세상에 그걸 놓고 왔다는 거야.

"내가 다리만 안 아팠으면 다시 갔다 오겠는데, 이거 좀 어렵겠지만 가져다주겠는가?"

"별수 없지요. 제가 가서 가져오겠습니다."

백정은 왔던 길을 되돌아 절로 갔어. 지팡이를 찾으러 판도방에 들어가다 놀라 기겁을 했어. 글쎄, 범이 뒤를 보고 온다던 그 도둑을 물어 해치고 있는 거야. 논이 탐나서 그 절에 갔다 변을 당한 거지. 그런데 범은 백정을 보고는 그저 흘깃 쳐다볼 뿐이었어. 그래 구석에 세워 놓은 지팡이를 얼른 가지고 나와 꽁지가 빠지게 뛰었지. 고승이 있는 곳으로 돌아와 지팡이를 전해 주니

"그래, 가서 뭘 좀 봤는가?"

하고 고승이 묻는 거야.

"봤습니다"

라고 백정이 답했어. 다시 길을 재촉했어. 얼마쯤 가다 큰 연꽃이 가득 핀 연못에 이르자 대사가 백정을 보고

"저기 가서 저 연꽃을 하나 따거라."

하는 거야. 그래서 또 시키는 대로 못에 들어가 연꽃을 따는데 연꽃은 안 따지고 물속에서 무엇이 불쑥 나오더니 백정의 얼굴을 홀떡 벗겨 가는 거야. 그러자 대사가 말했어.

"그대는 이제 죄를 벗었다. 얼굴이 벗겨진 것은 네 죄를 벗은 것이다. 그대로 죽으면 신선이나 선공덕은 못 되어도 기름가마에 들어가지는 않을 것이다. 다시 태어나면 살생을 했어도 평민은 될 것이다."

그렇게 말하고 백정을 돌려보냈어. 도둑은 죽어 저승의 기름가마에 들어갔지만 범에게 먹혔으니 어디다 써먹을 데도 없는 잡귀가 되고 말았대._안성군 원곡면

4-7. 농사가 제일이야

최항배란 사람이 힘이 천하장사인데 농사를 지으며 살고 있었
어. 하루는 괭이를 집어던지며

"내가 힘이 천하장사인데 이 기운을 가지고 농사를 짓다니,
세상 구경이나 좀 하고 와야겠다!"

하고는 집을 떠났어. 집을 나서서 얼마쯤 가다가 산골짜기에
들어섰는데 날이 저물어 어두워졌어. 산길을 따라 올라가니 집
이 한 채가 있는 거야. 날도 저물고 했으니 신세를 지고 가겠다
고 청하고 하루를 묵게 되었어. 저녁을 얻어먹고 바람을 좀 쐬려
고 대문턱을 쓱 나오니 어디서 '쎼' 하는 소리가 나는 거야. 대가
리가 새빨갛고 댕기꼬리가 짤막한 게 공중에서 '쎼' 하고 소리
를 내더니만 확 앞으로 다가와

"너 어디 사는 사람이냐?"

라고 하지. 이때 최항배 나이가 서른 살쯤 됐는데 이 쪼끄만

놈이 말을 놓으니 발칙스러워

"야, 너는 아버지도 없고 형도 없느냐?"

하고 호령을 했어. 그러니까

"허! 이놈 봐라."

하고는 두 손으로 최항배의 팔뚝을 꼭꼭 꺾는데 그만 바작바작 뼈 부러지는 소리가 나는 거야. 그 장골이 입을 딱 벌리고서 아주 기절을 하다시피 하는데 뒤에서 주인 여자가 나타나더니

"아휴, 세상에 저런 장정을 이렇게 모욕을 주다니 넌 오늘 세상을 떠야겠다."

하고 그 쪼끄만 놈을 휙 패대기를 치자 그냥 쭉 뻗어 죽어 버리는 거야. 그래 놓고 최항배더러 죽었으니 어디 갖다 버려 달라고 하는 거야. 최항배는 그놈을 바위께 어디에다 확 던져 버리고 왔지. 며칠 그 집에 머물며 치료를 받고 떠나는데 주인 여자가 말했어.

"그 애들이 형제가 삼형제인데 당신을 만나면 죽이려 할 테니 어여 집에 돌아가 농사나 지으며 사시오."

"예, 그러겠습니다."

하고 집으로 돌아가는데 깊은 산중에 들어가게 되었어. 길이 없어 헤매고 있는데, 졸졸 물이 흐르는 곳에서 바가지 깨진 것이 하나 떠내려오는 거야. 이런 곳에 바가지 깨진 것이 떠내려오

니 이 위에 사람이 있겠구나 생각하고 물줄기를 따라 쭉 올라갔어. 가 보니 정결한 초옥이 하나 있는 거야. 주인을 찾으니 머리가 하얀 바깥노인이 나왔어.

"길을 잃어 헤매느라 몸도 고단하고 그러니, 댁에서 하룻밤 쉬어 가면 어떻겠습니까?"

하고 허락을 얻어 방에 들어가 떡 앉았어. 그때 애한테 모욕당하던 그 '쎄' 하는 소리가 난단 말야. 노인이 말했어.

"저 나쁜 놈이 또 오는군. 윗간에 잠시 올라가 있으시오."

최항배가 윗간에 올라가 샛문을 닫고 앉아서 문구멍으로 내다보니 어제 여자가 죽인 놈하고 아주 비슷하게 생겼어. 얼굴이 좁다란 게 머리가 샛노랗고 눈알이 서늘한 놈이었어. 그놈이 앉더니 무릎을 턱 치면서

"최항배란 놈이 내 동생을 죽였는데 이놈을 찾아 원수를 갚아야 해."

얼만큼 지나자 그놈이 노인에게 시비를 걸며 이놈의 첨지 저놈의 첨지 하면서 다투기 시작했어. 그러니까 노인이 화가 나서

"예이, 부랑배 같은 놈"

하고는 휙 머리를 끌어다가 무릎 밑에 넣고 올가미를 치고 앉아 그 개구리 같은 놈의 대가리를 꾹 누르자 처음엔 바들짝바들짝 하다가 점점 감감해져. 조금 있으니 노인이 내려오라고 부르

는 거야. 그때까지 그놈을 깔고 앉아 있다가 버려 달라고 하네. 그래서 그놈을 또 산 바위께에 확 던져 버리고 왔지. 노인이 말했어.

"뛰는 놈 위에 나는 놈이 있다고 세상에 그 힘을 가지고는 살지 못하니 어여 집에 가서 농사나 지으시오."

"예, 그러겠습니다. 안녕히 계십시오."

두어 발자국을 걷다 뒤돌아보니 그 집은 온데간데없고 자기는 바위 밑에 서 있거든. 최항배는 겁이 나서 얼른 집으로 돌아가야겠다고 생각하고는 서둘렀어. 산을 내려와 큰 길을 따라 걸어가는데 한 노인이 싸리비로 마당을 쓱쓱 쓸면서

"오늘 북쪽으로 가는 사람이 신수가 나쁜데…."

그러거든. 좀 이상하다 하며 얼마큼 가다 보니 저 아래서 죽은 놈들과 비슷한 놈이 또 올라온단 말이야.

"너 아무데 사는 최항배로구나?"

"아니다."

"아니야, 세상을 돌아다녀도 너처럼 건장한 놈은 처음 봐. 네가 최항배야. 내 형 둘을 죽였으니, 너에게 원수를 갚겠다. 너는 때릴 것도 없이 주물러도 잡는다."

하고는 덤벼들면서 팔뚝을 꼭꼭 꺾는데 귀에 뼈 부서지는 소리가 빠작빠작 난단 말이야. 정신을 잃을 지경에 이르렀을 때 뒤

에서 발자국 소리가 났어. 돌아보니 마당을 쓸던 노인이 싸리비를 거꾸로 들고 쫓아와서 그놈 대가리를 툭 쳤어. 그러자 그놈이 바로 엎어져 죽어 버렸어.

"아! 그게 오늘은 북으로 가는 사람이 수가 나쁘다고 하지 않았어. 큰일 날 뻔했다. 우리 집으로 가 치료를 하고, 낫거든 가거라."

노인을 따라 오니 좋은 약이라며 무를 하나 준단 말야. 그 무를 깎아 먹으니 정신이 나고 마음이 썩 좋아졌어.

"집에 돌아가 농사나 짓고 살게. 돌아다녀 봐야 고생만 하지. 잘못하면 죽기가 쉬우니 돌아가."

"예. 집에 돌아가 농사짓겠습니다."

하고 보니 바위 밑이야. 산신이 세 번이나 살려 준 거지. 세상에 농사보다 귀한 것은 없으니 돌아가 농사를 잘 지으라는 뜻이야. _양평군 단월면

4-8. 지네와 구렁이 사이에서

한양의 어느 마을에 젊은 청년이 살았어. 그런데 사는 게 너무 힘이 들어 차라리 죽는 게 낫겠다는 생각을 했어. 그래서 죽을 곳을 찾아 북악산 꼭대기에 올라갔지. 한참을 망설이며 섰다가 목에 줄을 매고 뛰어내리려는데, 그 순간 누군가 뒤에서 줄을 풀어 버렸어. 놀라 뒤를 돌아보니 어여쁜 부인이 서 있는 거야.

"세상이 괴로워 죽으려는 사람을 어찌하여 살렸습니까?"

"젊은 사람이 그깟 돈 좀 없다고 목숨을 끊으려 하시다니요."

"아무리 노력해도 되지 않으니 그럴 수밖에요. 오죽하면 이런 마음을 먹었겠습니까?"

"그럼 제가 돈을 대 드리면 어떻겠습니까?"

"당신이 나를 언제 봤다고….."

"제가 얼마간은 구해 줄 수가 있으니 따라오십시오."

젊은 청년은 그 부인을 쫓아가게 되었어. 산속으로 들어가니 조그만 초가집이 하나 보였어. 해가 저물어 청년은 단칸방의 아 랫목에서 부인은 윗목에서 잠을 청했어.

다음날 아침, 부인은 정성스럽게 밥상을 차려 주고는 작은 돈 보따리 하나를 내놓으며 말했어.

"이만하면 되겠습니까? 이걸 가지고 장으로 내려가 맘껏 쓰 시고 모자라거든 다시 올라오세요."

돈 보따리를 받아 든 청년은 장터를 다니며 옷도 몇 벌 사고, 먹고 싶은 것도 사 먹었어. 그러고 나니 막상 돈이 있어도 더 이 상 쓸 곳도 없었어. 남은 돈을 가지고 다시 산속의 그 초가집으 로 돌아가니 부인네가 마중을 나와 반가이 맞아 주었어.

"돈은 잘 쓰고 오셨습니까?"

"덕분에 잘 썼습니다."

부인이 정성스럽고 정갈하게 차려진 저녁상을 내왔어. 청년 은 저녁을 먹고 또 하루를 잤지. 이튿날 아침이 되자 부인은

"돈이 부족하면 더 드릴 테니 말씀하세요."

"아닙니다. 아직은 넉넉합니다."

이튿날도 장안으로 내려갔어. 청년이 딱히 돈을 쓸 곳도 없어 여기저기 슬슬 구경을 다니다 동대문 앞에 이르렀어. 머리가 허 연 영감님이 나타나서

"자네 북악산에서 내려오지 않았는가?"

하거든. 청년이 얘기 한 적이 없는데 말야. 귀신같이 그 사실을 알고 있었어.

"사실 그렇습니다. 그런데 어떻게 아십니까?"

"자네가 죽으려고 하다가 그 부인의 도움으로 살아났지만 결국 그 부인의 손에 죽을 것이네."

죽으려고 하긴 했었지만 이틀 동안 편안한 생활을 하다 보니 청년은 죽는다는 말에 좀 섭섭한 마음이 들었어.

"그럼, 어떡해야 살겠습니까?"

"자네 내가 하는 말을 잘 듣고 꼭 그대로 하게. 저기 가서 잎담배 묶음을 두 줄을 사고, 긴 장죽 담뱃대 다섯 개를 사게. 그리고 돌아가거든 방 안에 앉아서 담배를 피우게. 한 대를 피우고 나면 그 담뱃대가 식을 동안 옆의 담뱃대로 다시 피우고, 이렇게 담배를 계속해서 피워 보게."

청년은 영감이 시키는 대로 담배와 담뱃대를 사서 돌아갔지. 부인이 그 묶음을 보고 말했어.

"담배가 그렇게 잡숫고 싶으세요?"

"다른 것은 다 먹고 왔지만 담배는 집에서 피우려고 사 가지고 왔소."

청년은 저녁을 먹고 나서 담배를 피우기 시작했어. 그런데 부인이 전과 같이 반가이 하질 않고 아무 말도 없이 그냥 윗목에 앉아만 있는 거야. 게다가 담배를 피울수록 부인의 얼굴빛이 점점 노래졌어. 그 모습을 살피며 가만히 생각해 보니, 미안한 마음이 들었어.

'그래도 저 여자 때문에 이틀 동안 돈도 맘껏 쓰고 잘 지냈는데, 어차피 죽으려고 했던 것 죽으면 그만이다. 은혜를 베풀어 준 사람에게 구태여 해를 끼칠 수야 없지.'

청년은 담뱃대를 내려놓고 창문을 열고 바깥에 침을 확 뱉어 버리고 방문을 활짝 열었어. 그제야 부인의 얼굴빛이 불콰해지면서 좋아졌어.

"이제 많이 피우셨으면 그만 주무시지요."

하고는 자리를 깔아 주었는데, 어느새 잠이 들어 깨어 보니 날이 밝아 있었어.

"어서 일어나 저를 따라 나오세요."

청년이 나가 보니 문밖에 큰 구렁이가 죽어 있었어. 지난 밤 담배를 피운 후에 청년이 뱉은 침을 머리와 눈에 뒤집어쓰고서 말야.

"어제 동대문 앞에서 당신에게 말을 걸던 영감은 사실 구렁이었습니다. 사실 저 역시 여자가 아니고 지네인데 구렁이와 도를 다투게 되었습니다. 구렁이는 저를 잡아먹으려고 하고 저는 구렁이를 해치려고 하는 차에 당신이 저를 도와주었습니다. 당신은 저의 은인이십니다."

그러고는 걸어 나가며 말했어.

"제가 나간 뒤 제 뒤를 밟지 마세요."

하지만 청년은 안 볼 수가 없었어. 그래서 뒤따라가 보니 안개가 자욱해서 앞을 분간할 수가 없었지. 조금을 더 쫓아가니 안개가 걷히고 큰 지네가 허물을 벗고 승천한 흔적만 남아 있었어. 정신을 차리고서 보니 그 앞이 모두 산삼밭이었어. 지네가 은혜를 갚은 거지. 청년은 집으로 돌아와 산삼을 팔아 잘 살게 되었대. _안성군 공도면

4-9. 여우 잡는 지팡이

소금장수가 있었어. 하루는 소금을 한 가마를 짊어지고 산등성이를 오르는데 배가 고프고 목이 말랐어. 근처의 샘을 찾아가 주먹밥 한 덩이를 꺼내어 몇 입 베어 먹고 있는데, 아래에서 이상한소리가 들렸어. '이상두 하다' 하고서 자세히 살펴보니 웬 하얀여우가 하얀 바가지 같은 것을 닥닥 긁다가, 뒤집어쓰면 노인네가 되고 벗어서 다시 긁으면 여우가 되고 그러는 거야. 소금장수는 먹던 밥을 도로 싸서 지게 위에 얹어 놓고 늘 짚고 다니던 지팡이를 꼭 쥐고서 여우를 쫓아갔어. 그 지팡이는 벚나무로 만든것인데 하도 오래 가지고 다니다 보니 닳아서 반들반들해졌지.

노인으로 변한 여우는 마을로 내려가 혼사를 치르고 있는 집으로 쑥 들어갔어. 여우가 그 집 할머니의 해골을 갈아서 뒤집어 쓴 거야. 잔치를 하느라 북적대던 집에선 돌아가신 할머니가살아오자 사람들이 괴이한 일이라고 웅성웅성 쑥덕쑥덕거렸어.

소금장수는 여우가 안채로 들어가는 걸 보고 심부름 하는 사람을 불러 말했어.

"지나가는 과객인데 이 집에 잔치가 있는 듯하니 요기나 좀 합시다."

하고는 밥을 먹으며 일이 돌아가는 정황을 살폈어. 바깥에서 지팡이를 짚고 왔다갔다 하고 있는데 여우가 농간을 부려 결국 일이 벌어졌지. 안으로 들어가 보니 여우가 할머니 모습을 하고 아랫목 앉아, 아프다고 데굴데굴 구르는 색시의 배를 쓰다듬어 주고 있었어. 소금장수는 주인을 불러 말했어.

"내가 아는 것이 있어 그러니 저 색시를 노인에게서 떼어 내 한쪽으로 눕히시오."

주인이 시키는 대로 하자 소금장수는 안으로 들어가 다짜고짜 그 노인의 머리를 내려쳤어.

"뭐하는 놈이기에, 몇 해 만에 살아 돌아오신 할머니를 이렇게 때리는 것이냐?"

하고 사람들이 야단을 쳤어. 소금장수는 들은 척도 안 하고 들고 있던 지팡이로 할머니를 두들겨 팼어. 그러자 꼬리가 희끗희끗한 하얀 여우가 펄떡 자빠져 죽어 있는 거야. 지켜보고 있던 사람들이 깜짝 놀라 한마디씩 했지.

"당신, 어떻게 여우인 줄 알고 잡았소?"

"내가 알긴 뭘 알겠소. 이 지팡이가 우리 집안에서 몇 대째 내려오는 것인데 무슨 변괴가 있으면 그저 이 지팡이가 시키는 대로만 할 뿐이오."

이 상황을 지켜보고 있던 그 동네 부자가 가만히 생각해 보니 참으로 신기한 지팡이란 말이야. '에라, 내가 농사만 지을 게 아니라 저놈의 지팡이를 사서 팔자를 고쳐 봐야겠다'고 생각했어. 그래서 소금장수에게 지팡이를 팔라고 했어.

"아유, 안 됩니다. 이 작대기 하나로 우리 식구 여럿이 먹고 사는데, 이걸 팔면 뭘 먹고 살겠소? 팔 수 없습니다."

"그럼 내가 쌀 한 섬 줄 테니 팔게나."

"아이고, 그걸로는 우리 식구 일 년밖에는 못 삽니다. 지팡이를 날마다 들고 다니며 먹고 사는데 그걸 가지고는 안 됩니다."

소금장수는 이렇게 실랑이를 하더니 몇십 섬의 값을 받고는 못 이기는 척 지팡이를 팔았어. 그리고 서둘러 그곳을 떠났지.

지팡이를 산 마을 부자는 어떻게 되었냐고? 소금장수의 거짓말을 믿고 따라하다가 죄 없는 노인을 죽이고는 집안이 홀랑 망해 버렸대. _용인군 내사면

4-10. 용왕의 침을 얻다

임진왜란이 일어나 나라가 어려울 때에 명나라 이여송이가 조선으로 나오지 않았어? 조선을 구한다고 와서는 어룡을 가져와 바치라고 영을 내렸어. 중국에서는 뱀이 용이 되니 사룡이라 하여 먹어 봤지만 조선은 어룡이니 그 어룡의 고기를 먹으면 좋다고 하여 구해 오라는 거야. 그렇지 않으면 원병援兵을 안 하고 돌아가겠다고 배짱을 놓거든. 나라에서 영을 내렸지만 구할 도리가 있어?

물이 깊으니 어룡이 있을 것이라 하여 큰 백마를 미끼로 해서 낚시를 드리고 있었지. 그런데 그만 낚싯줄이 끊어지고 말았어. 그런데 하필 그 낚싯바늘이 용왕의 목에 걸려 버린 거야. 용왕의 목이 퉁퉁 부었는데 백약이 무효하고 고칠 도리가 없었어. 팔방으로 수소문한 끝에 인간 세상에 침을 잘 놓는 사람을 찾아 데려오기로 했어.

하루는 바댕이 남양주 팔당리의 속명 강가에 기골이 장대한 사내가
와서 누워 있었어. 용궁에서 온 사신이지. 침쟁이 변씨가 그 곁
을 지나가자 사신이 벌떡 일어나 인사를 하네.

"댁이 침을 잘 놓는 변씨요?"

"아! 침을 놓기는 놓습니다만….'"

"다른 게 아니라 지금 용왕께서 목에 병이나 침술쟁이를 구하
고 있는데 함께 좀 가주시오."

"어떻게 간단 말이오?"

"내 등에 타고서 눈만 감고 있으면 됩니다."

침쟁이 변씨가 그의 등에 올라타자 어떻게 조화를 부렸는지
물속으로 들어갔어. 가 보니 용왕이 앉았는데 목구멍이 퉁퉁 부
은 것이 보통 침으로는 고칠 수가 없겠는 거야.

"이 침으로는 안 되겠으니 더 큰 것을 구해 오시오."

변씨가 큰 침을 가져오라고 했는데 구해 온 걸 보니 오히려
더 작은 걸 가져온 거라.

"아, 이 침 가지고는 안 된다고 했잖소?"

"그 침은 '커져라, 커져라' 하면 커지고 '작아져라, 작아져라'
하면 작아지는 침이니 당신이 필요한 대로 해서 쓰시오."

그래서 변씨가 침을 키워서 용왕의 목에 파종 종기를 터뜨림을 하
여 병을 낫게 해주었지. 용왕은 은혜에 보답을 하려고 필요한 것

이 무엇인지 물었어. 그러자 변씨가 얼른 대답했어.

"다른 것은 다 필요 없으니 그 침을 주시오."

용왕은 입맛을 쩝쩝 다시더니

"이 침은 여기서도 귀한 것이지만 내 병을 고쳐 준 분이니 드리겠소이다."

하며 침을 내어 주었어. 변씨네는 그 침을 가지고 대대로 침술의 노릇을 하며 살게 된 거지. 바댕이에서 변씨네가 침술로 유명하게 된 내력이야. _양평군 서종면

5부

지혜로운 판결

5-1. 살아서는 진천, 죽어서는 용인

용인 이동면 묘봉리에 일가친척도 없이 남의 집 머슴살이를 하며 살아가는 사내가 있었어. 성품이 워낙 고지식하고 정직해서 마을 사람들에게 신망을 받았지. 그런데 나이가 삼십이 되도록 장가를 못 갔어. 마을 사람들은 '저렇게 훌륭한 사람을 혼자 둘 수는 없다'고 생각해서 비슷한 처지의 규슈를 택해 혼례를 치러 주었어. 농사지을 땅도 없는 두 사람은 혼례를 치른 후 산속으로 들어가 화전을 일구었어. 부인은 날이면 날마다 남편을 위해서 밥을 지어 십 리나 되는 산골짜기를 오갔지. 그곳에는 멍석 다섯 잎 정도가 되는 큰 바위가 하나 있었는데 거기가 이 부부의 쉼터였어. 거기서 남편은 점심을 먹고 그 사이 부인은 일손을 돕고자 남편이 일하던 산으로 가서 밭일을 했지.

청정하고 밝은 어느 날이었어. 여느 때처럼 남편은 점심을 먹고 바위 아래 평평한 자리에 누워 잠을 한숨 자고, 부인은 산으로 가서 밭일을 했어. 그런데 별안간 '와당탕탕 쾅' 하는 청천벽력 같은 소리가 났어. 부인은 깜짝 놀라 남편이 있는 곳으로 달려갔지. 가 보니 날마다 부부가 쉬던 바위가 무너져 그 아래 낮잠을 자던 남편이 깔려 있는 거야. 부인이 대성통곡하는 소리에 마을 사람들이 올라 왔지만 남편을 구할 수는 없었어. 무거운 바위를 치울 방도가 없는 데다 남편은 이미 죽어 있었거든. 결국 남편을 바위 밑에 놓고 묻을 수밖에 없었어.

혼령이 된 남편은 저승에서 최판관을 만났어. 그런데 이 최판관이 하는 말이

"너는 아직 죽을 때가 아니다. 그러니 다시 이승으로 나가 살아라."

하는 거야. 명령을 받고 돌아와 보니 아직도 자기 몸은 바위에 깔려 있어 접신할 수가 없는 거야. 할 수 없이 여기저기를 떠돌아다니다 충청도 진천이라는 곳에 갔어. 마침 벼 오백 석을 거두는 큰 부잣집의 아들이 죽었어. 나이가 서른이 좀 넘은 사람이었는데 아들도 하나 못 낳고 그냥 죽은 거야. 접신할 곳을 찾던 남편의 혼백은 얼른 그 시신으로 들어가 접신을 했어. 용인 이동면 묘봉리에서 죽은 사내가 충청도 진천에 가서 큰 부자의 아들로 다시 살아난 거지. 부자가 보니 아들이 살아난 것은 좋은 일이지만 날마다 이상한 말만 하는 거라.

"용인의 묘봉리에 내 처가 살고 있는데 내가 서른 넘어 장가를 들어서…."

몇 달을 두고 용인 사는 처만 말하지 진천 사는 처는 한 번도 얘기를 안 해. 부자 아버지는 '이거 참 괴이한 일이구나'라고 생각되어 아들이 말하는 용인의 묘봉리를 찾아갔어. 근처의 주막에 들러 물어보니 사람들이 서너 달 전에 일어난 일을 말해 주었어. 그 일러준 곳을 찾아가 보니 소복을 입은 여자가 방 한 칸, 부엌 한 칸의 쓰러져 가는 집에서 울고 있었어.

"아, 여보시오. 지나가는 행인인데 목이 말라 그러니 물 한 모금 얻어먹을 수 있겠소."

부인은 울다 말고 물 한 바가지를 떠다 줬어. 진천의 부자는 물을 얻어 마시고는 부인이 울고 있는 자초지종을 물었어.

"조실부모하고 시집을 왔는데 일 년도 못 되어 남편마저 죽었으니 이제 누굴 믿고 살아야 하나 해서 그럽니다."

"실은 당신 남편이 저승에 갔다가 우리 아들에게 접신을 했소. 그러니 당신은 내 며느리요. 나와 함께 우리 집으로 갑시다."

하고는 가마에 태워서 진천으로 데리고 갔어. 아들이 부인을 보자 뛰어나와 손을 잡고서는

"아이고, 부인이 어떻게 왔어?"

라며 반기는 거라. 모습은 다르지만 음성은 틀림없는 남편이

라 부인은 할 수 없이 같이 살게 되었어.

남편은 진천 부인에게서 삼형제, 용인 부인에게서 삼형제를 낳고 그렁저렁 살다가 여든 살이 되어 죽었어. 아버지가 죽자 양쪽의 아들들이 서로 혼백을 모시겠다며 다투게 되었지. 결론이 나질 않자 진천 군수에게 가서 판결을 내려 달라고 했어. 진천 군수가 묻기를

"그래 살아서는 어디서 살았느냐?"

"예, 진천에서 살았습니다."

"그래? 살아서는 진천에서 살았으니 죽어서는 용인에서 있는 것이 맞다."

하고는 판결을 이렇게 내려주었대.

"생거진천生居鎭川: 살아서는 진천 **사거용인**死居龍仁: 죽어서는 용인 하여라."

이후로 '생거진천 사거용인'이란 말이 생겨난 거래. _용인군 구성면

5-2. 원님의 병을 고치려면

어떤 양반이 시묘侍墓: 부모 상중에 3년간 그 무덤 옆에서 움막을 짓고 삶를 살았어. 삼 년 동안 무덤 곁을 떠나지 않고 정성을 다했지. 이렇게 삼 년을 지내고 내려와 보니 그 사이에 부인이 아들을 낳은 거야. 시묘 산 것이 다 헛짓이 되어 버린 것도 문제지만 삼 년 동안 집에 온 적이 없는데 부인이 애를 낳았으니 말이 안 되거든. 하지만 부인은 억울한 거라. 분명히 그 밤에 어두워서 얼굴은 못 봤지만 상복을 입은 남편이 왔다 갔거든.

결국 이 양반은 부인을 쫓아냈고, 쫓겨난 부인은 원통한 마음에 자결을 했어. 그리고 원혼귀가 되어 억울함을 풀어 달라고 밤마다 원님을 찾아갔어. 하지만 귀신을 본 원님이 그 자리에서 죽어 버리고, 다른 원님들도 부임해 오자마자 원혼귀에 놀라서 불귀객이 되어 버리니 고을도 폐읍이 되다시피 했어. 그러던 중 어느 때, 담략膽略: 담력과 꾀를 아울러 이르는 말이 큰 사람이 이 고을 원님을 자처했어. 부임 온 첫날, 드디어 밤이 되자 산발을 한 여자가 나타났어. 담략이 큰 원님은 놀라지 않고 물었어.

"너는 무엇이 억울해서 이리 찾아오는 것이냐?"

"남편이 시부모 시묘살이 하던 중에 어느 날 밤, 아무도 몰래 내려와 제 방을 찾았습니다. 이후 제 몸에 태기가 있어 아이를 낳았는데 남편이 삼 년 시묘를 다 마치고 돌아오더니 자신은 그런 일이 없다며 저를 부정하다고 내쫓았습니다. 저는 억울함에 자결을 한 후 원혼귀가 되어 떠돌고 있습니다. 부디 이 원통함을 풀어 주십시오."

"내 너의 원한을 풀어 줄 테니 이후 다시는 모습을 보이지 말거라."

귀신을 만난 원님은 다음 날부터 앓아누워서 중병이 든 것처럼 했어. 부러 그렇게 한 거지. 그러고는 어쩔 줄 몰라 하는 아전들에게 말했어.

"내 병이 낫는 데는 한 가지 약밖에 없다. 그 약을 구할 수 있을지 모르겠구나."

"아, 말씀만 하시면 만방으로 구해 보겠습니다."

"그 약은 상복은 상복이되 곡소리를 듣지 않은 상복을 삶은 물이다. 곡성을 안 들은 상복이라야 병이 낫는다고 하니 그런 옷이 어디 있겠느냐? 예전에도 이런 병이 들었는데 또 재발을 한 모양이구나. 구할 수가 있겠느냐?"

　세상에 곡성을 안 들은 상복이 어디 있을까마는 아전들은 건달패들까지 죄 동원해서 큰 상금을 걸고 찾기 시작했어. 며칠이 지나자 한 건달놈이 그 옷을 갖다 바쳤어. 상금이나 타 먹을 생각에 부인을 겁탈할 때 상주처럼 꾸미느라 입고 들어갔던 그 옷을 갖다 바친 거지. 상복을 만들어 입고 거짓 남편 행세를 했던 거야. 담략이 큰 원님이 그렇게 그 건달을 잡아 억울하게 죽은 부인의 원한을 풀어 주었다고 해._수원시 교동

5-3. 인은 탐피요, 구는 탐육이라

한 사람이 길을 가는데 황모黃毛: 족제비 꼬리털. 세필 붓을 만드는 데 쓺가 좋은 족제비가 앞에서 나타났어. 이 족제비를 잡으려고 기다란 담뱃대를 휘둘렀지만 맞힐 듯 말 듯하면서도 영 잡질 못했어. 이 것이 다른 데로도 가질 않고 앞에서 자꾸만 알짱거리는 거야. 어 느 동네에 이르자 주막집 개가 쫓아 나오더니 그만 냅다 물고서 집으로 들어간단 말이야.

"거의 잡을 성 싶었는데 저놈의 개가 물어 갔으니 가서 뺏어 야겠다."

이 사람이 쫓아 들어가자 주막집 주인이

"우리 개가 잡은 걸 왜 뺏으려고 하시오?"

라며 야단을 하고 안 주지.

"내가 이때까지 십 리를 쫓아왔는데, 당신네 개가 냅다 채 갔 으니 어서 내놓으시오."

둘이서 시비를 하며 다투다가 고을 원님을 찾아가기로 했지. 가다가 보니 개울 모래사장에 글방 아이들이 모여 원님놀이를 하고 있었어.

"너희들 공부하러 가다 말구 거기서 뭘 장난 하니?"

"지금 원님놀이 하는데요. 저기 앉은 재가 원님이에요."

"그래? 그럼 어디 니들 이거 하나 판결해 봐라."

족제비를 잡으려고 십 리를 쫓아왔는데 주막의 개가 물어 가버려 시비가 붙게 된 일의 자초지종을 말했어. 그러자 대뜸 한 아이가 나섰어.

"인人은 탐피貪皮요, 구狗는 탐육貪肉이라. 사람은 가죽을 탐했고, 개는 고기를 탐해서 잡은 것이다. 그러니 가죽을 벗겨서 고기는 개를 주고 가죽은 사람을 줘라."

이렇게 판결을 내쳤지만 두 사람은 애들이 한 말이라 곧이들지 않았어. 결국 시비를 하며 원님에게 가서 다시 판결을 받기로 했어. 그러자 원님 왈,

"거, 반 잘라 똑같이 나눠 가져라." 했대. _여주군 북내면

5-4. 손가락이 가리키는 것—허미수 일화

허미수許眉叟: 조선 중기 때 학자이자 문신인 허목가 어느 고을 부사로 부임했을 때의 일이야. 열두 살 먹은 아이가 병풍을 지고 관아를 찾아왔어.

"웬 병풍이냐?"

"예, 원님께 드리려고 가져왔습니다."

허미수가 그것을 보고는 이방을 시켜 병풍을 세워 펴게 했어. 병풍에는 '칠십생남자비오자'七十生男子非吾子라고 적혀 있었지. 이방이

"'칠십에 생남자하니 비오자요', 칠십에 아들을 낳았는데 내 아들이 아니다."

라고 읽으니 허미수가 다시 고쳐 읽었어.

"글이라는 것은 토에 따라 읽히는데 그렇게 다는 것이 아니다. '칠십에 생남자인들 비오자리오?', 칠십에 생남자한들 왜 내

아들이 아니겠느냐?'라는 뜻이다."

그러고는 아이를 불러 들어오게 하였어. 원님이 묻기를

"너는 그 병풍을 누가 주어서 지고 왔느냐? 혼자서 지고 온 것이냐?"

"어머님이 원님께 바치라고 하셨습니다. 어머님은 문 밖에 계십니다."

"어머니를 들어오시라 해라."

아이의 어미가 들어오자 물었어.

"아이에게 병풍을 지워 보낸 이유를 말해 보아라."

"제가 남편이 칠십일 때 시집을 와서 저 아이를 낳았습니다. 남편에게는 본처 소생의 딸이 하나 있었는데 재산이 좀 있는 집이다 보니, 일을 볼 사람이 없어 딸과 사위를 불러들여 가사를 맡기게 되었습니다. 그때부터 딸과 사위는 아버지가 죽게 되면 이 집 재산은 모두 자기들 재산이 될 거라고 했지요. 그래서 하루는 조용히 남편에게 물었습니다. '당신이 돌아가시게 되면 저와 아들은 쫓겨나게 되고 재산은 모두 저들의 것이 될 텐데, 우리가 살아갈 방도는 해두셨는지요?' 그러자 '걱정 마라, 저 다락에 병풍이 하나 있으니 그 병풍이면 살 수 있을 것이다' 하고는 돌아가셨지요. 아이 아버지가 돌아가신 이튿날부터 저희는 사위에게 쫓겨나 걸식을 하는 거나 다름없이 살았습니다."

"그럼 이것이 지금 내게 처음 찾아온 것이냐?"

"아니올시다. 전에 두 번 올렸지만 어떤 판결도 없이 되돌려 주었습니다. 그래서 아무 소용이 없다고 생각했는데, 이번 사또님이 명관이라고 하기에 딱 한 번만 더 올려 보고 그만두려 했습니다."

원님 허미수는 아이와 어미를 물러가게 하고 병풍을 펴서 자세히 살펴보았어. 분명 병풍에 무언가 있을 터인데 도무지 알 수가 없었어. 그런데 병풍에 그려진 그림을 가만히 보다가 무언가 생각이 났어. 그 그림에는 노인이 비스듬히 앉아 손가락을 뻗어 병풍의 옆 칸을 가리키고 있는 거야. '아하, 저기에 무언가가 있겠구나!' 하고서는 이방을 불러 그림 속 노인이 가리키는 곳을 칼로 찢어 보라고 했지. 그러자 그 안에서 문서가 쏟아져 나왔어. 이것을 딸과 사위에게 맡기면 저희들이 꿰차고 아이에게는 돌아가지 않을 것이 뻔하고, 또 그것을 미리 주게 되면 딸과 사위에게 죽음을 당할지도 모른다고 생각해서 병풍 속에다 넣어 둔 거지. 원님은 딸과 사위를 불러오게 해서 물었어.

"너희는 저들을 아느냐?"

사위가 대답하기를

"장모와 그 아들인데, 인사치레 정도 하는 사이입니다요."

"그래?"

"뭐, 전 신세진 일도 전혀 없습니다."

"그럼, 너희가 농사짓고 있는 그 땅은 너희 것이냐?"

"예, 처와 함께 값을 치르고 산 토지입니다."

"그래? 그럼 문서가 있겠구나?"

"예, 집에 있습니다만….'

"어서 가서 가져 오도록 해라."

그러고는 이방을 보내 찾아오게 했지 하지만 아무리 찾아본들 문서가 있을 리 없지. 이방이 돌아와 문서를 찾지 못했다고 고하자 원님이 딸과 사위에게 호통을 치며 말했어.

"네 아버지의 이름으로 된 문서가 여기 있거늘 어찌 너희가 샀단 말이냐? 어린 동생과 어미에게 토지와 세간을 챙겨 주어야 함이 인간의 떳떳한 도리인데 금수만도 못한 놈들이구나. 너희의 행실을 보아서는 죄다 빼앗아 아이에게 주는 것이 마땅하나 10년을 지켜 온 공을 생각해서 절반을 갈라 나누도록 해라."

이것이 허미수에게서 나온 명판결 이야기야. _안성군 이죽면

5-5. 옹기 갓과 수수대

어느 고을에 열다섯 살 먹은 어린 원님이 부임해 왔어. 원님이 아전들에게 물었어.

"오류정으로 하루에 들어오는 나무가 얼마나 되느냐?"

"이백마흔아홉 가지올시다."

"아니 그러면 이백마흔아홉 가지를 가지고서 부중 안에서 땔 수가 있는가?"

"네."

원님이 들어오는 나무를 지켜보자니 빽빽하게 들어오거든. '빽빽하게' 들어오니 이백에, 지고 오는 것이 칠칠한 모양이니 칠칠 사십구라고 하는 거지. 원님이 조그마하니까 아전들이 업신여겨 놀리는 거야. 원님이 생각해 보니 기가 막혀서 아전을 불렀어.

"여기 옹기점이 어디쯤이냐?"

"십 리를 올라가면 절운이라는 곳에 옹기점이 있습니다."

"거기 가서 옹기 갓을 한 개에 닷 근씩 되게 수십 개를 만들어서 수일 내로 가져오도록 해라."

어려도 원님의 명인지라 옹기 갓을 닷 근씩 되게 수십 개를 만들어 며칠 내에 대령을 했지.

"옹기 갓이 모두 준비가 되었습니다."

"그럼 아전 관속을 죄 모이라 하고 앞에 멀쑥하게 자란 수숫대를 한 대씩 가지고 오너라."

명한 대로 아전 관속을 모으고 수숫대를 한 대씩 가져 오니 옹기 갓을 하나씩 쓰라는 거야. 닷 근짜리 옹기 갓을 쓰니 무거워서 머리가 저절로 수그러지거든. 그러자 다시 명을 내렸어.

"다 썼으니 소매에다 수숫대를 구기지 말고 넣도록 해라."

"장대만 한 놈을 어떻게 구기지 않고 소매 안에 넣습니까?"

"이놈들, 이렇게 평년 큰 수숫대도 소매 안에 못 넣는 놈들이 열다섯 해 자란 나를 주먹 안에다 넣으려고 한단 말이냐?"

아전 관속들은 아무 말도 하지 못하고 어린 원님에게 고개를 숙였지. _양평군 청운면

5-6. 다시 하면 쇠새끼요

한 고을의 부사가 하루는 부하를 모아 놓고 명했어.

"여봐라, 고을에 도박하는 놈들이나 노름하는 놈들이 있거든 모두 잡아들이도록 해라."

그래서 이 동네 노름꾼들이 죄다 잡혀 오게 되었지. 부사가 호통을 치며 말했어.

"이놈들! 노름에 몸이 달면 도둑질을 하게 되나니 노름은 도둑놈의 시초이니라. 사농공상의 직업이 다 있는데 어찌하여 노름을 한단 말이냐?"

그러자 그들이

"이젠 다시 안 하겠습니다."

라고 할밖에. 부사가 다시 물었어.

"다시 하면 어찌할 테냐?"

"개올시다."

"에이, 이놈아."

"돼지올시다."

"에이, 안 된다."

"그럼 뭘 해요?"

"이놈들 소라면, 쇠새끼라면 모르되 다른 건 안 된다."

"다시 하면 쇠새끼올시다."

"그럼 다시는 노름을 하지 말아라."

그러고는 풀어 주었어. 하지만 노름을 끊는 것이 그리 쉽나. 그러다 또 잡혀 오고, 또 약속하고 또 잡혀 오고… 했어. 그러자 노름꾼이 점점 많아졌지. 원님에게 잡혀가도 뭐 볼기를 때리거나 옥에 가두기는커녕 쇠새끼라고 하면 놓아 주니까 말이야. 그렇게 되자 하루는 원님이 말했어.

"노름꾼들을 죄 잡아들여라!"

잡아 놓고 보니 늘 들락날락하던 그치들이었어. 이번에도 원님이 물었지.

"네 이놈들, 노름을 또 하느냐?

고 하니, 노름꾼들은 똑같이 말했어.

"아, 다시 하면 쇠새끼입니다."

그러자 원님이 소리쳤어.

"너희 놈들은 쇠새끼가 된 지 이미 오래되었다. 벌써 몇 번째 쇠새끼냐. 갖다 가둬라."

그래 모두 옥에 가두었어. 그리고 소 잡아 파는 사람에게 코뚜레와 고삐를 있는 대로 거둬 오게 했어. 그리고 소장수를 불러 말했어.

"지금 황소 한 마리에 얼마나 하느냐? 내일 관가에서 황소를 여러 마리 팔 것이니 황소를 사갈 사람을 죄다 불러 오너라."

다음 날 동헌 마당에 소장수들이 모두 모이자 원님이 말했어.

"노름꾼 소를 데려오너라."

그래, 노름꾼들을 얼굴에 코뚜레를 꿰어 매게 하고 고삐를 목에 걸어 손을 묶어 끌고 와 쭉 세워 놨지. 떡 세워 놓고 원님이 말했어.

"소 살 사람들은 들어라. 오늘 팔 소는 이것이다. 보기에는 사람 같지만 이들은 쇠새끼가 된 지 오래다. 그러니 이것을 죄다 사 가거라."

그런데 모여 든 구경꾼들 중에 노름꾼의 식구들도 모두 와 있었지.

"아버지이!"

구경꾼 사이에서 제 아버지를 발견한 노름꾼이 슬프게 목을 빼서 부르자 제 아들놈이 손은 묶이고 얼굴에는 코뚜레를 꿰고 있는 꼴을 보고 어떻게 하겠어. 할 수 없이 소 값을 내고,

"이 소는 제가 가져갑니다."

그러고는 사 가지. 아, 다른 연고자들도 노름꾼들을 사 가고 또 사 가니, 한나절에 그놈들이 죄 팔려 버렸지. 애비도 형제도 없는 노름꾼 하나만 안 팔렸어. 부사씩이나 되어 남의 돈을 그냥 뺏어 먹을 수는 없으니깐 그렇게 소 장사를 했대. _여주군 여주읍

5-7. '고만'이 닥쳐 온 팔자

머슴살이를 하는 사람이 있었어. 일 년 내내 머슴을 살아 봐야 돈 몇 푼 받지를 못했지. 그래도 십 년 동안 근근이 모은 돈으로 머슴살이를 면하고, 남은 돈을 밑천으로 옹기 장사를 시작했어. 옹기를 한 짐 짊어지고 끙끙거리며 다니다가 어찌나 무거운지 한 곳에서 옹기지게를 딱 버텨 놓고서는 잠깐 쉬고 있었는데 그만 갑자기 회오리바람이 분 거라. 그 길로 옹기지게가 넘어져 '와장창' 박살이 나고 말았지. 십 년 머슴살이가 한시에 헛것이 되어 버린 거야.

"나한테 액운이 들었나 보다. '고만끝이 들었구나."

하고는 어찌할 도리가 없어 울며 돌아다녔어. 아무래도 원통한 마음이 가시질 않자 관가에 가서 호소라도 해봐야겠다는 생각에 원님을 찾아갔대.

"아무리 생각해도 원통해서 이렇게 찾아왔습니다. 제가 머슴을 십 년 살다가 돈푼을 모아 간신히 옹기 장사를 시작했습니다. 그런데 한 번 팔아 보지도 못하고 회오리바람에 옹기지게가 홀랑 넘어가 다 박살이 나고 말았으니 이걸 어떡합니까? 관에서 제발 방도를 좀 찾아 주십시오."

들고 보니 사정이 딱하게 되었지만 원님인들 뭔 방도가 있어야지. 이리저리 궁리를 하던 원님은 서쪽에서 동쪽으로 가는 뱃사공과 동쪽에서 서쪽으로 가는 뱃사공 둘을 불렀어. 그러고는 동쪽 뱃사공에게 괜히 으름장을 놓으며 물었어.

"네 이놈, 너는 오늘 아침 뭐라고 기도를 했느냐?"

"예, 저는 그저 아침에 동쪽에서 서쪽으로 가야 하니 동풍만 불게 해 달라고 빌었습니다."

원님은 다시 서쪽 뱃사공에게 물었어.

"네 놈은 뭐라고 빌었느냐?"

"저는 순풍에 돛 단 듯이 빨리 가라구 서풍이 불라고 빌었습니다요."

두 뱃사공의 이야기를 다 들은 원님은 호통을 쳤어.

"네 놈은 동풍이 불라고 빌고, 또 네 놈은 서풍이 불라고 빌었으니, 이놈들 너희들 때문에 바람이 싹 떠서 회오리바람이 되어 옹기짐이 넘어가 버린 것이다. 그러니 너희 둘이 옹기값을 물어 주도록 해라." 그랬대. _수원시 교동

5-8. 돌이 훔친 60냥

아주 친하게 지내는 두 친구가 있었어. 한 사람은 산중에 살고 한 사람은 평양에 살았지. 산중에 사는 사람이 무슨 일을 하게 되어 돈이 필요했어. 그래서 평양 사는 친구를 찾아왔어.

"돈 쉰 냥이 부족한데 자네한테 좀 빌릴 수 있겠는가?"

그러자 선뜻

"아니, 쉰 냥? 갖다 쓰라이."

하고 쉰 냥을 내주었어. 산중 사는 친구는 그 돈을 짊어지고 갔어. 그리고 어언 이 년이 지났을 때, 산중 친구에게서 편지가 왔어.

'와서 돈도 가져가고, 내가 산 논도 구경하고. 자네가 보고 싶으니 한번 오게나.'

친구의 편지를 받고서 안 갈 수가 있나. 이래저래 구경 삼아 산중 친구를 찾아갔지. 반갑게 서로 만나 구경도 하고 빌려 준 돈도 이자까지 쳐서 60냥을 받았어. 다 좋은데 엽전을 짊어지고 평양으로 돌아가자니 여간 무거운 게 아니야.

그러다 한 마을을 지나는데 갑자기 뒤가 마려워 오는 거야. 돈을 어디다 놓고 가서 뒤를 보나 주변을 살피는데 돌 하나가 보였어. 돌 위에 돈을 올려놓고는 한 집의 변소에 가서 뒤를 봤지. 그런데 돌아와 보니 돈이 온데간데없는 거야. 돈도 돈이지만 그 무거운 걸 여기까지 짊어지고 왔던 걸 생각하니 기가 막혔지. 더욱이 이 낯선 곳에서 찾을 수나 있겠어. '에이, 잃으나 안 잃으나 내 힘으로는 찾을 수가 없으니 관에라도 고해 봐야겠다.' 생각하고 동헌을 찾아가서 고하자 원님이 말했어.

"네가 친구에게 돈을 받아 오는 것을 내가 봤느냐? 어디 놓고 변소 가는 것을 봤느냐? 보지도 못한 사람을 보고 찾아 달라고 하니 내가 어떻게 찾겠느냐?"

하고 난감해하더니

"그럼 네 돈을 보면 알겠느냐?"

하고 다시 물었어. 그러자 평양 사람이 대답하기를

"예, 제 돈을 보면 압네다."

했어. 그러자 원님은 사령을 불러 명했어.

"이 사람하고 돈 잃어버린 마을에 가서 그 돌이 얼마나 무거운지, 그 부락이 몇 집이나 되는지 알아 오너라."

사령이 조사를 해보니 돌은 힘센 사람이 들 만한 정도였고 30여 집이 살고 있었어. 보고를 들은 원님은 평양 사람에게

"돈을 찾든 못 찾든 며칠 있다가 다시 오도록 해라"

며 돌려보냈어. 그리고 전날 조사를 보냈던 사령을 시켜서 마을 사람들에게 전했어.

"이 돌이 돈 60냥을 도둑질해 갔다. 그러니 마을사람들이 번을 서 가며 잘 지키도록 하라."

이 말을 전해 들은 마을사람들은 처음에 두 사람이 나와 번을 서서 지켰지. 며칠 저녁을 지켜도 원이 아무 말이 없으니 마을 사람들이 원을 욕하기 시작했어.

"허, 우리 고을에 저런 멍텅구리 원이 왔으니, 마을 사람들이 피해가 생기지 않을 리 없지? 돌이 돈을 도둑질해? 돌이 도망을 해? 미친 놈이 원님질을 댕겨?"

하면서 욕을 퍼붓고는 번 서는 것을 그만 두었어. 원님은 마을 사람들이 그럴 줄 알고 미리 사령에게 시켜 두었지.

"이놈들이 날 욕하고서 며칠이 지나면 돌을 지키지 않을 것이다. 그때 가서 몰래 돌을 없애 버려라."

원님의 말대로 마을사람들이 더 이상 돌을 지키지 않자 사령들이 가서 돌을 다른 곳으로 갖다 버렸어. 원님은 이튿날 마을 사람들을 불러 명을 내렸어.

"여기 있던 돌이 사라졌다. 돌이 돈을 훔쳐 갔으니, 돈 도둑이 도망가지 않도록 지키라고 했는데 너희들이 명을 따르지 않아 돌을 잃어버렸으니 장차 어떻게 할 것이냐?"

마을 사람들은 할 말이 없어 입맛만 다시고 있었어.

"그럼 할 수 없다. 이 마을에 몇 호나 사느냐?"

"30호입니다."

"30호? 이 사람 돈이 60냥이다. 그러니 매 호당 돈 두 냥씩을 내도록 해라. 돈을 두 냥씩 가지고 오는 사람은 내보내지만 그렇지 않은 사람은 옥에 가둘 것이다."

일이 이렇게 되자 사람들은 할 수 없이 돈을 두 냥씩 바친단 말이야. 이방이 나서서 돈을 받아 이름을 적고 원님에게 주었어. 평양사람은 뒤에 앉아서 받은 돈을 살폈는데, 몇 사람이 지나지 않아서 제 돈이 들어온 걸 찾았어. 원님은 즉시 사령을 시켜 그 사람의 집을 수색하게 했어. 돈은 벽장 속에 있었어. 그렇게 돈을 찾은 거야. 참으로 용하지? _안성군 이죽면

5-9. 이치에 맞지 않습니다

최씨에게는 서당을 다니는 아들이 있었어. 부모가 글을 쓰라고 종이를 사 주면 글씨를 쓰지 않고 그림을 그렸지. 훈장이 그걸 보고 늘 회초리를 때렸어.

"너는 글씨 쓰라는 종이에다 그림을 그리니 왜 선생이 가르치지 않은 짓을 하는 것이냐?"

하지만 아무리 야단을 쳐도 서당에 와서는 글씨 공부는 안하고 그림 공부를 하는 거야. 그렇게 10여 년을 그림만 그리다가 팔도강산 구경이나 하겠다며 먹 하나와 붓 몇 자루를 싼 보따리를 짊어지고 집을 떠났어. 병풍을 그려 주고 그걸로 생활을 해나가며 방방곡곡을 다니다 서울에 들어섰어. 동대문을 지나는데 '그림 잘 그리는 사람을 나라에서 찾고 있다'는 방이 붙어 있었어. 수문장에게 물었어.

"저게 무슨 이유입니까?"

"지금 중국에서 그림을 그리는 사람들이 조선을 시험해 보러 들어온다는데 그걸 영접할 사람을 구하는 중이라는군."

"그럼 제가 한번 대적해 보지요."

대궐에 그 소식이 전해지자 거처를 정해 주라는 명령이 내려왔어. 관리들이 최씨 아들을 여관에 모셔 두고 극진히 대접했어.

중국에서는 화공이 세 명 나왔어. 하루를 묶고 이튿날이 되자 자리가 마련되었어. 중국 화공이

"그대가 먼저 그려라."

라고 하자 최씨 아들이 말했어.

"나는 그림을 볼 줄은 알지만 그릴 줄은 모르니 먼저 그리시지요."

중국 화공이 먼저 나와 그림을 그렸어. 나무꾼 두 명이 양쪽에서 나무를 베는데 곧 넘어가려 흔들흔들하는 모습이었어. 최씨 아들이 보더니

"그림은 잘 그렸으나 이치에 맞지 않습니다."

"그래? 어디가 그러하냐?"

"나무에 도끼가 먹어 들어갈 적에, 도끼밥이 땅에 떨어진 게 있어야 하는데 그것이 없으니 어찌 이치에 맞는다 하겠습니까?"

"아하, 그렇군요."

"이제 당신 그림을 한번 봅시다."

"나는 그림을 잘 그릴 줄 모르니 먼저 그리시지요."

하면서 두번째 중국 화공에게 권했어. 사신으로 온 중국 화공 중 또 한사람이 나와서 그림을 그렸지. 이번엔 멀리 뛰어가는 노루가 총에 맞아 껑충껑충 하며 달아나는 그림이었어. 최씨 아들이 보더니

"그림은 참으로 아름답지만 이것 역시 이치에 맞지 않는 것이 있습니다. 그러니 완벽한 그림이 못 됩니다."

"무엇이 이치에 맞지 않는다는 것이냐?"

"눈 위로 뛰는 노루를 쏘아 맞혔는데 핏자국이 없습니다."

마지막에도 최씨 아들은 그림을 그리지 않고 중국 화공에게 그리게 했어. 이번 그림은 아얌겨울에 부녀들이 나들이할 때 춥지 않게 머리에 쓰는 물건을 쓴 여자가 버드나무 가지에 매달린 그네를 뛰는 모습이었어. 꼭 산 사람이 그네를 뛰고 있는 것 같았어. 아래에 구경하는 여자들도 모두 아얌을 쓰고 있었지.

"참 그림을 잘 그렸습니다만 이것 역시 이치에 맞지 않는 곳이 있습니다."

"무엇이 또 이치에 맞지 않는다는 것이냐?"

"아얌을 쓰고 그네를 뛸 적에 끈을 매지 않으면 그것이 머리에 쓰여 있겠습니까? 뒤로 벗겨지겠지요."

중국 화공들이 대꾸를 하지 못하자

"그럼 이번엔 제가 그려 보겠습니다. 저는 용을 하나 그리겠습니다."

그러고는 큰 농선지전라도 진안에서 나는 부채 만드는 종이에 구름을 그리는데 소낙비 올 적에 구름이 퍼져 나가는 모양이야. 그러고는 용의 꼬리만 구름 속에서 나오게 그려 놓았어. 중국 화공들이 따졌어.

"아, 용을 그린다고 하고선 구름을 그리면 어쩌자는 것이오?"

"보시오, 용은 구름과 같이 있어야 그 격이 맞는 것이 아니오. 구름 없는 용을 어디다 쓴답니까?"

트집을 잡으려 해도 잡히지를 않았지. 결국 중국 화공들은 최씨 아들을 인정하고는 그에게 물었어.

"이렇게 재주에 맞게 그리려면 우리는 몇 해나 공부를 더 해야 하겠습니까?"

"10년은 더 해야 할 것입니다."

중국 화공이 셋이나 와서 한 사람에게 지고 돌아갔단 얘기야.

_안성군 이죽면

5-10. 청산에게 물어보시오

원님이 상하의 노복들을 데리고 어느 절을 찾아가 노는데 절 뒤에서 중하고 농부가 싸우고 있었어. 이 둘이 원님을 보자 달려와 판결을 부탁했어. 농부는 논 세 마지기를 농사지어 일곱 식구가 먹고살자니 어렵기가 말로 다 할 수가 없었대. 그런데 어느 날 중이 와서 시주를 하라며 이랬다는 거야.

"논 세 마지기를 절에다 시주하시오. 그럼 부처님이 영험하시니 당장에 당신에게 복을 주어 부자가 될 것이오. 그러니 시주를 해주시오."

가난이 너무나 지긋지긋했던 농부는 부자가 될 욕심에 논 세 마지기를 절에다 시주하고는 부자가 되기를 기다렸어. 그런데 3, 4년을 기다려도 부자가 되기는커녕 오히려 그 논 세 마지기를 농사지어 먹고 살 때보다 형편이 더 어렵게 되었지. 그래서 중을 찾아갔어.

"내 논 내놔라. 논 세 마지기를 시주하면 부자 된다더니 부자는 무슨! 살기만 더 힘들어졌으니, 내 논 세 마지기 도로 내놔!"

"일단 부처님께 시주를 했으면 그걸로 끝이지. 도로 내놓으라 할 수 있는 일이 아니다. 그럴 수 없다."

하고 싸움이 붙은 거지. 그러니 원님에게 이것을 해결해 달라고 온 거야. 원님은 어떻게 해야 할지 알 수가 없었어. 이래저래 궁리를 하고 있는데 마침 절에서 공부하던 아이들이 암행어사 놀이를 하고 있었어.

"내가 암행어사다."

라며 무리 중에 한 아이가 나서자 원님이 얼른 농부와 중에게 말했어.

"저분이 암행어사이니 가서 해결책을 구해 보거라."

그들은 암행어사를 맡은 아이에게 절을 하며 사정 얘기를 했어. 그러자 아이가 한참을 생각하더니 이렇게 말했어.

"이런 글이 있다. '복귀불福歸佛하고 답귀주踏歸主하라', 복은 돌려서 부처한테 도로 주고 논은 돌려서 주인에게 도로 줘라."

이렇게 간단하게 해결된 거야. 원님이 가만히 지켜보니 아이가 무척 영리했어. 그래서 하인에게 일전에 어느 촌에서 잃어버린 매를 찾아 달라고 했던 사람을 불러오게 했어.

이 농부는 매를 얻어 꿩사냥을 하러 산으로 갔대. 꿩사냥을 하던 중 그만 매를 잃어버리고 말았어. 농부가 원님을 찾아와 사정을 했어.

"제가 매를 가지고 꿩사냥을 하던 중에 그만 매를 잃어버렸습니다. 그러니 그 매를 찾아 주십시오."

원님은 기가 막혔어. 잃어버렸으면 그걸로 그만이지. 원님더러 잃어버린 매를 찾아 달라니. 그래도 순진한 농부라 박대할 수도 없고 해서

"내가 생각할 것이 있으니 집에 가서 기다리도록 하거라"

라며 돌려보냈었지. 원님은 사령이 농부를 불러오자 물었어.

"일전에 잃어버렸다던 매를 찾았느냐?"

"찾지 못했습니다."

"그럼 저기 저 아이에게 가서 매를 찾아 달라고 해보거라."

농부가 아이에게 가서 말했어.

"일전에 제가 매를 가지고 꿩사냥을 갔는데 그만 매를 잃어버리고 말았습니다. 그러니 그 매를 좀 찾아 주시오."

들어 보니 해결하기 매우 어려운 일이었지만 서슴지 않고 하는 말이

"실어청산失於靑山 하였으니 문어청산問於靑山 하거라."

산에서 매를 잃어버렸으니 청산에게 물어 보라는 뜻이지. 그러고는 다시 말하기를,

"문지부답問之不答커든 집거착래執擧捉來 하라".

물어서 답이 없거든 산을 잡아 오라는 뜻이었어. 농부는 아무 말도 하지 못하고 돌아갔대. _용인군 용인읍

6부

사람 사는 이야기

6-1. 효를 행하다 ① ─새끼들이 죄다 뺏어 먹으니

한 농부 부부가 어머니 한 분을 모시고 살고 있었어. 남편은 품을 팔고 부인은 삯바느질을 하며 근근이 끼니를 때우며 살았어. 이렇게 살림이 어려우니 어머니를 제대로 봉양할 수가 있나. 어쩌다 나무 한 짐을 내다 팔아 생선이라도 한 마리 상에 올리는 날엔 손자 녀석들이 달려들어 죄다 뺏어 먹고 어머니 입에 들어갈 건 없는 거야. 그래서 아들 며느리 부부가 의논을 했어.

"여보, 어려운 살림에 어머니 봉양도 제대로 못하는데 새우젓 꽁지라도 생기면 그것마저도 저놈의 새끼들이 죄다 뺏어 먹어 어머니 입에 들어가는 것은 없으니 어쩌겠어요? 자식은 또 낳으면 되니까 저 자식을 갖다 묻어야 별 수가 없어요."

부인이 그렇게까지 말하니 남편이 기가 막히지. 그래도 별 수 있어?

"그럽시다. 오늘 저녁에 요 가까운 산으로 데리고 갑시다."

이렇게 합의를 했지. 밤이 되자 부부는 어머니 몰래 괭이 하나를 가지고 아이를 데리고 산에 올라갔어. 아이는 영문도 모르고 "엄마 어디 가? 아빠 어디 가?" 하고 자꾸 묻는 거야.

"좋은 데 간다. 가만히 따라 오너라."

얼마쯤 가서는

"더 올라갈 거 없이 여기서 그냥 파고 묻읍시다."

한군데 자리를 잡아서는 괭이로 땅을 파기 시작했어. 그런데 땅속에서 '쾅, 쾅' 하고 이상스런 소리가 나는 거야.

"이게 무슨 소리여?"

"어디 조금 더 파 보자."

하고는 땅을 더 파니 종이 나왔어. 쇠로 만든 종이 아니라 석종石鐘, 돌종이었어.

"아이고, 여보. 이게 무슨 보물인 모양이요. 아마 애를 묻지 말고 살리라는 뜻인가 보우. 그러니 우리 이걸 가져갑시다."

그래 한 명은 아이를 업고 한 명은 그 석종을 짊어지고 산을 내려왔어. 집에 돌아와 돌종을 걸어 놓고 때려 보니 종소리가 참 이상야릇했지. 게다가 그 소리가 한양 궁궐에서까지 들리는 거라. 왕이 궁에서 가만히 들으니 참으로 기가 막힌 종소리란 말이야. 그래서 신하들에게 명했어.

"이 종소리가 어디서 나는 것인지 찾아오너라."

신하들이 그 소리를 따라가 보니 조그만 초가삼간에서 나는 소리였어. 집안으로 들어가 보니 서까래 끝에 돌종이 하나 매달려 있는 거야. 그 종을 떼어서 왕에게 바치고 종이 있던 곳을 고했어. 왕은 그 부부를 불러 사연을 물었지.

"이 석종을 어떻게 너희 집에 걸게 되었느냐?"

부부는 자식을 묻으려다 돌종을 얻게 된 사연을 왕에게 말했어. 왕이 그 이야기를 듣고

"이런 효자가 어디 있겠는가."

하고 감복을 하여 후한 상을 내렸어. 효성 지극한 부부는 부자가 되어 어머니를 모시고 잘살게 되었다고 해._용인군 포곡면

6-2. 효를 행하다 ② ― 밤 서 말

어느 마을에 효자 아들이 홀어머니를 모시고 살다가 장가를 들었지. 그런데 부인이 식견이 조금 모자랐어. 어머니가 병이 들자 이 며느리가 어머니를 구박을 하는 거야. 아들은 부인을 내쫓고 다시 장가를 들 수도 없고, 기가 막힌 일이었어. 그래서 어떻게 하면 부인이 어머니를 잘 모시게 할까를 늘 고민했어. 하루는 아들이 밤 서 말을 사다 아내에게 주며 말했어.

"여보, 나 오늘부터 어딜 좀 다녀올 거요. 어떤 분한테 물어보니 이 밤 서 말을 한 번에 다섯 톨, 하루 열다섯 톨씩, 그렇게 서 말을 구워서 어머니를 보양하면 그대로 죽는다고 하니 세상에 이렇게 좋을 데가 어디 있나? 서 말이라야 얼마 안 가네. 그러면 자네도 편하고 나도 편하고….."

"아, 그래요?"

"대신 내 말을 꼭 믿고 지켜야 해."

"네, 그러지요."

남편이 떠나고 난 뒤 며느리는 꼭 그 시간이 되면 주먹 같은 밤 다섯 톨을 팍신팍신 잡숫기 좋게 구워 드렸지. 서 말은커녕 두 말만 해드리니까 시어머니가 얼굴이 뽀얗게 되어 병이 다 나았지. 사람들이 보기에 세상에 그런 효성스런 며느리가 없는 거야. 보는 사람마다 며느리를 칭찬했어. 며느리가 가만히 생각하니 남편의 말은 반대였어. 시어머니가 죽는 게 아니라 오히려 병을 낫게 하는 거였어. 그제야 사실을 알게 된 며느리는 자기의 행동을 부끄러워하며 남편에게 말했어.

"여보, 삼신산 불로초라도 구해서 어머니를 오래오래 살게 해 드려요."

아들이 꾀를 써서 자기 아내가 부모를 공경하게 만든 거지.

_안성군 원곡면

6-3. 효를 행하다 ③ — 스스로 죽은 닭

홀어머니를 모시고 사는 효자 형제가 있었어. 어머니는 반신불수에 앞을 보지 못하셨지. 효자 형은 어머니의 병을 고치는 의술을 배우기 위해 집을 떠나고, 동생이 어머니를 공경하며 살고 있었어. 하루는 어머니가 말씀하셨어.

"아휴, 저 산꼭대기 올라가서 구경 좀 했으면 좋겠다."

걷지도 못하고 보지도 못하는 분이 마을에 있는 천덕산 꼭대기를 오르고 싶다고 하신 거야. 효성스러운 아들은

"엄니, 걱정 마셔유. 제가 모시고 갈게요."

하고 일찌감치 아침을 먹은 후 어머니를 업고 산에 올랐지.

"엄니, 꼭대기까지 다 올랐슈."

"아이구, 목말라 죽겠다."

산꼭대기에 물이 있을까마는 아들은 어머니를 내려 드리고는 물을 찾아 사방을 돌아다녔어. 그러다가 마침 하얀 바가지 같

은 것에 물이 고여 있는 것을 발견했어. 조심스럽게 들고 가서 어머니께 드리며

"아무리 찾아도 맑은 샘은 없고, 바가지에 고인 물뿐이네요."

"아, 아무 거래도 목이 마르니 마셔야겠다." 하고,

어머니는 그 물을 얼른 받아 마셨어. 그러자 갑자기 감겼던 눈이 뜨이면서 천지를 보게 되었지.

"내가 천지를 구경하고 싶어 산에 올랐더니만 이렇게 눈을 뜨게 되다니 참말로 좋구나."

아들은 어찌된 영문인지 알 수가 없었지만 어머니가 앞을 볼 수 있게 되었으니 기쁘기가 더 말할 것도 없었어.

"얘야, 이제 배가 고프구나. 그만 내려가자."

어머니가 시장하시다는 말을 들은 아들은 서둘러 산을 내려왔어. 거의 다 내려와 아랫마을에 이르니 닭을 수십 마리 치는 곳이 있는 거야. 어머니가 그 닭을 보더니

"나 저것 한 마리 뜯어 먹고 싶으니 잡아다오."

하시거든. 이리저리 돌아다니는 닭을 별안간 잡기도 어렵고, 더구나 남의 닭을 함부로 잡을 수도 없으니 아들은 참으로 난감했어. 효자 아들은 닭 앞에 가만히 무릎을 꿇고 말했어.

"우리 엄니가 산꼭대기 올라가 일월을 보시고 또 너희들을 보시고는 잡숫고자 하시니 너희 중 한 마리만 나와서 스스로 죽어

다오."

그러고 앉았으니 참말로 닭 한 마리가 다가오더니 스스로 죽
더래.

"어서 잡아라. 너무 배가 고프니 우선 생으로든 뭐든 한 점 먹
어야겠다."

어머니 말씀이 떨어지는 대로 아들은 곧 닭을 손질해 어머니
께 드렸어. 어머니가 생닭을 한참을 뗴 잡숫는데 갑자기 오므라
들어 쓰지 못하던 오금이 펴지는 거야. 효성스런 아들 덕에 보지
도 못하고 걷지도 못하던 어머니가 기력을 되찾게 된 거지.

10년이 지나 의술을 공부하고 온 형이 돌아왔어. 형은 어머니
를 낫게 할 비방을 알아냈지만 도저히 구할 도리가 없어서 그냥
돌아왔던 거야. 그런데 그 비방이 바로 '천 년 묵은 해골의 만년
수'와 '백계총 중에 스스로 죽은 닭'이었어.

의술을 배우러 떠난 큰아들이 구하지 못한 것을 옆에서 공경
하며 어머니를 모신 작은아들이 구해 드린 것이지. 아들의 효심
이 지극하니 천지신명이 도와주셨나 봐. _안성군 원곡면

6-4. 정직으로 살린 아들

벼를 천석이나 수확하는 사람이 있었는데 어찌 살다 보니 아버지가 물려준 재산을 다 없애 버렸어. 남은 땅을 팔아 보니 돈 천냥이 남았어. 그는 돈을 몽땅 금으로 바꿔서 부채 끝에 매달고 정처 없이 길을 떠났어. 그렇게 하면 도둑에게 뺏길 염려도 없고 잃어버릴 염려도 없다고 생각한 거지. 어디로 갈지 방향도 없이 가다가 쉬다가 하면서 다녔어. 그러다 큰 길 한군데서 떡하니 쉬고서는 그만 부채를 놓고 떠나 버렸지 뭐야. 그것도 한 십 리를 가서야 부채를 놓고 온 게 생각이 난 거야. 되돌아 쫓아가 봤자 벌써 누가 집어 갔지 그냥 있을 리가 있어. 기가 막혀 낙심천만하고 있자니 저 멀리서부터 머리가 하얀 노인네가 오더라고. 와서는 이 사람의 얼굴을 한참을 쳐다보더니

"하, 어째 어디 몸이 괴로우? 얼굴이 아주 안 좋구만."

하는 거야. 그래서 이만저만 해서 그런다고 얘길 했더니 노인

이 하는 말이

"그럼 이게 당신 것이오?"

하고는 부채를 내놓는 거야. 세상에 이렇게 고마울 데가 없지.

"이걸 반씩 나눕시다."

"아니오. 나는 그거 아니라두 살 수가 있으니께…."

라며 노인은 끝내 사양을 했어. 이 사람은 고맙다고 거듭 인사를 하고 다시 길을 떠났지.

한번은 서울 한강 옆에 이르러 하룻밤을 묵는데 밤새 비가 퍼붓는 거야. 아침이 되어 나와 보니 강물이 엄청나게 불어서 집들이 떠내려가고 난리야. 그런데 강 한가운데 떠내려 온 지붕 위에 어린 아이가 타고 있었어. 하지만 아무도 나서서 아이를 구하려고 하질 않는 거야. 이 사람이 뒷생각은 하지도 못하고 말했어.

"이보시오들! 천 냥을 줄 테니 저 아이를 좀 살려 주시오!"

한 사람이 듣자 하니 천 냥에 욕심이 난다 말이야.

"정말로 천 냥을 줄 거요?"

"정말이지요."

하고는 부채에 매단 금덩이를 떼어 주자 뱃사공은 배를 몰고 들어가 아이를 살려서 나왔어. 아이가 정신을 차리고는 자신을 살려 준 뱃사공에게 인사를 하자 뱃사공이 말했어.

"내가 꺼내는 드렸지만 살린 건 아니오. 저분이 돈 천 냥을 준

다기에 그 욕심에 도련님을 건진 것이지, 내가 살린 건 아니오."

라고 했어. 아이가 다시 이 사람더러 말했어.

"정말 감사합니다. 저희 집으로 가시지요."

"아니, 그럴 것 없다."

이 사람은 한사코 사양을 하다가 못 이기는 척 따라갔어. 사실 이제 돈도 없고 갈 데도 없는 처지였거든. 산모퉁이를 들어서니 기와집이 즐비했어. 아이가 그중 제일 큰 기와집으로 들어간단 말이야. 아이를 따라 들어가니 머리가 하얀 노인네가 나오는데 글쎄 먼젓번에 부채 찾아 준 그 노인인 거야. 이 아이가 그 만석꾼 노인의 외아들이었대. 이 사람이 반가워하며 말했어.

"내가 널 살린 게 아니라 네 아버지가 살린 것이다. 아버지 맘이 정직해서 내게 금을 돌려주었으니 살린 거지, 네 아버지가 주머니에 넣고 갔으면, 못 살렸을 것이다. 내가 살린 게 아니다."

서로서로 간에 여간 고마운 게 아닌 거야. 말하자면 서로 은인이 된 거지. 노인이 아들에게 말했어.

"너 죽었으면 이 재산 누가 가져갈는지도 몰랐을 것이고 선대 제사를 받들 사람도 없었을 것이다. 너는 이분을 네 큰형으로 모시고 재산을 똑같이 반씩 나누도록 해라."

결국 이 사람은 오천석을 가진 큰 부자가 되어 형제의 우애를 나누며 아주 잘 살다 죽었다지. _안성군 원곡면

6-5. 삼천 냥으로 나라를 구하다

조선 선조 때 홍순언이라는 통역관이 있었어. 사신을 따라 중국
으로 들어간 홍순언은 명나라에서 조선으로 삼천 냥의 어음을
전하는 일을 맡게 되었어. 한번은 중국에서 한 기방을 지나게 되
었는데 대문 앞에 '삼천 냥'이라고 써 붙여 놓은 거야. '하루 저
녁 자는 데 삼천 냥이라. 대체 얼마나 절세미인이면 삼천 냥인
가?' 호기심이 발동한 홍순언은 그 집에 들어가 봤어. 들어가 보
니 여자가 참 잘생겼는데, 나이는 자기 딸 또래쯤 되어 보이는
거야. 사정을 물어 보았지.

"어찌 이런 일을 하는 겐가?"

"아버지가 벼슬을 하시던 중 사사로이 관가의 물건을 사용하
여 삼천 냥에 팔려 왔습니다. 저와 하룻밤을 지내는 분과 빚을
갚고 평생을 살고자 하니 그 돈이 필요한 것입니다."

이에 홍순언은 가지고 있던 삼천 냥을 내어 주며

"이것으로 아버지의 빚을 갚도록 해라."

하고는 그냥 일어섰어.

"어찌 일어서십니까?"

"이쯤하면 되었다."

"성함이라도 알아야 하지 않겠습니까?"

"이름은 무슨…. 부녀간이라도 좋고, 남매간이라 생각해도 좋다. 그쯤만 알고 헤어지자."

"그러면 성이라도 알려 주시지요."

"사신으로 온 홍통사라고만 알아라."

하고는 조선으로 돌아왔어. 하지만 돌아온 홍순언은 삼천 냥을 마련할 수가 없었어. 집을 팔아도 모자라서 결국 옥살이를 하게 되었지.

이듬해 다시 명나라로 사신을 보내게 되었는데 이번에는 반드시 국치를 면하고 오라는 명령이 내려진 거야. 일명 종계변무宗系辨誣의 국치라고 하는 것인데, 명나라의 법전 등에는 조선을 세운 태조 이성계가 고려의 간신 이인임李仁任의 아들로 기록되어 있었어. 조선에서 몇 번이나 제대로 고쳐 달라고 간청했지만 명나라는 계속 들어주지 않고 미루기만 하는 거야. 이성계의 아버지는 이자춘李子春이고 더구나 이인임은 그의 적이었던 사람이었는데 말야. 이번에 사신으로 가서 국치를 면하고 오지 못하

면 사형을 당하게 생겼으니 누가 나설 턱이 있나. 사람들은 모의
를 해서 옥에 갇혀 있는 홍순언을 사신으로 보내기로 했어.

"홍순언이 옥에 잡혀 있으니 우리가 그 돈을 내 주고 놈을 보
냅시다. 어차피 죽을 놈이었으니 상관없지 않습니까?"

홍순언은 이렇게 다시 명나라로 가게 되었어. 그가 중국 땅에
채 들어서기도 전에 파발이 와서는 물었어.

"사신으로 누가 오느냐?"

"홍통사가 옵니다."

라고 하자 대번에 명이 내려왔어.

"모셔 오너라."

홍순언이 영문도 모른 채 끌려가 보니 예전에 삼천 냥을 주고
빚을 갚아 주었던 여자 앞이었어. 그 사람이 중국의 예부시랑^에
_{조판서}에게 시집을 가서 유씨 부인이 되어 있었어.

"오라버니, 어려운 걸음하셨습니다. 어서 올라오세요."

하며 반갑게 맞아 주었어. 홍순언은 유씨 부인의 남편이 오자
자신의 임무가 종계변무의 국치를 면하는 것임을 말했어. 예부
시랑은 선뜻 홍순언의 청을 들어주었어. 그래서 홍순언은 유씨
부인의 도움으로 태조 때부터 소원하던 나라의 숙원을 이룰 수
있었어.

이후로도 인연은 계속 이어졌어. 홍순언은 임진왜란이 일어

났을 때 군사를 청하기 위해 다시 명나라에 가게 되었어. 유씨 부인이 좋은 음식과 술을 내서 대접을 했지만 나라가 위태로운데 나만 좋은 음식과 술을 먹을 수는 없다며 거절을 하였어. 그리고 병부상서가 되어 있던 유씨 부인의 남편 석승의 도움으로 명나라의 군사를 지원받을 수 있었대. _용인군 원삼면

6-6. 삼백 냥으로 삼천 냥을

수원시 율전동에 석훈이라는 사람이 살고 있었어. 석훈은 일찍 어머니를 여의고 계모와 살게 되었어. 열여덟 살이 되었을 무렵이었지. 새벽부터 일어나 풀을 한 짐이나 하고 그걸 마당에 널고 힘들게 일을 했어. 그러고는 아침을 먹는데 겨우 보리죽 한 사발을 주는 거야. 계모가 자기가 데리고 온 아들에게는 밥을 주고, 아침 일찍부터 일하고 온 자기에게는 죽을 주니 화가 날밖에.

"이걸 사람 먹으라고 주는 거예요?"

그러자 계모가 석훈의 머리꼬랑지를 움켜쥐고서 빨래방망이로 등허리를 때리며 말했어.

"이 자식이 어디서? 이것도 감지덕지지. 어디서 투정을 부리는 게야?"

석훈은 화가 나서 그 길로 집을 뛰쳐나왔어. 막상 집을 나왔지만 갈 데도 없고, 아는 집도 없었지. 그러다 전에 아버지가 소

장사를 할 때 드나들던 객줏집이 생각이 났어. 아버지는 이자를 주고 돈을 빌려다 쓰셨고 석훈이 돈을 갚으러 이 객주를 드나들었거든.

아침부터 갑자기 석훈이 들어가자 객줏집 노인이 놀라며 말했어.

"너, 어쩐 일이냐?"

당황한 석훈은 얼떨결에 그만

"아버지가 돈 좀 가져오라고 해서 왔어요."

라고 거짓말을 해 버렸어.

"돈? 돈을 얼마를 가져오라고 그러시더냐?"

"삼백 냥만 가져오래요."

"삼백 냥! 삼백 냥씩이나 뭐한단 말이냐?"

"모르겠어요."

"그래, 너 어음은 가져왔니?"

"안 가져왔습니다."

"어음도 안 가지고서는 돈을 빌리러 왔단 말이냐?"

"잘 모르겠습니다. 급하다고 그러셨습니다."

예전에는 아무리 많아도 이백 냥밖에 빌리지 않았는데, 삼백 냥을 보내라니 객줏집에서도 이상하다는 생각은 했지. 하지만 워낙 신용이 있는 사람이라 삼백 냥을 내주었어.

석훈은 그 길로 서울로 올라가 신창안^{남대문} 시장을 다니며 장사할 물건을 찾았지만 합당한 것이 없었어. 가만 보니 여기저기 미투리가 많더란 말이야. 그래서 삼백 냥으로 미투리를 모조리 샀어. 서울 신창안의 미투리를 홀랑 다 사 버린 거야. 그러고는 미투리를 소에다 싣고 원산으로 올라갔어. 그곳에는 돌밭에 부역 나온 사람들이 일을 하고 있었어. 돌밭에서 일을 하다 보니 짚신이 하루를 못 견디고 떨어져 버렸지. 마침 미투리가 왔으니 불티나게 팔렸겠지. 삼백 냥어치를 가져간 미투리를 다 팔고 천 냥을 넘게 벌었어.

이번엔 천 냥이 넘는 돈으로 뭘 하는고 하니, 화성 숙곡리의 유명한 베를 천 냥어치를 다 샀어. 그리고 수원으로 와서 물품중개를 하는 보행객주에 맡겼어. 객줏집 주인이 보니 아직 열여덟 살밖에 안 먹은 아이가 이렇게 많은 물건을 가지고 온 데다 장사하는 사람 같지도 않단 말이야.

"애, 너 장사 처음하지 않니?"

"예, 저는 처음이올시다."

"지금 네 뒤에 도둑놈이 따라다니고 있으니 조심해야 한다."

하면서 겁을 잔뜩 준단 말이야.

"그러니 넌 내 말만 들어야 한다. 바깥에 나가면 큰일이 날 테니 꼭 집 안에만 있도록 해라."

이러고는 자기 집 건넌방을 내주고 숙식을 하게 했어. 하루 이틀 지내다 보니 어느새 보름이 지나갔어. 하루는 석훈이 뒷간에서 뒤를 보고 있는데 밖에서 어떤 사람들이 수군대고 있었어. 가만히 들어보니 객줏집 주인 목소린 거야.

"그래, 물건은 넉넉히 있지?"

"아이, 있다 뿐이여. 물건도 아주 좋더라구."

"지금 팔면 한 이천 냥어치는 될 거야."

"그럼 내가 천오백 냥에 줄 테니, 그냥 있으면 안 돼."

"물론이지, 원래 이문은 혼자 먹는 게 아니여. 내가 반 나눠 줄 테니 우리 같이 하자구."

이렇게 작당을 하는 거라. 다음 날 객줏집 주인이 시치미를 뚝 떼며 말했어.

"얘, 그 물건 팔지 않을 거니?"

석훈도 모른 척하며 대답했어.

"아, 팔아야지요."

"얼마에 팔 거냐?"

"주인 아저씨께서 하자는 대로 해야지요."

"그럼, 천오백 냥에 팔아라."

"그렇게는 안 팔아요."

"왜 안 판다는 거냐? 지금 안 팔면 어쩌려고?"

"지금도 값이 이천 냥이나 되는데 천 오백냥에 팔아요?"

그러고는 주인이 해칠지도 모른다는 생각에 슬쩍 덧붙여 말했어.

"밖에서 가르쳐 주는 사람이 또 있습니다."

객줏집 주인이 입맛을 쩍쩍 다시며 말했어.

"그럼 할 수 없지."

그때 마침 해안 지방으로 호열자콜레라가 창궐해서 사람들이 많이 죽었어. 수의壽衣 감으로 삼베가 많이 팔리자 값이 올라 천 냥어치가 삼천 냥이 되었지. 석훈은 삼천 냥을 벌어서 처음 빌린 삼백 냥을 갚기 위해 노인을 찾아갔어.

"거짓말을 하였으니 죄송하게 되었습니다. 빌린 돈 삼백 냥과 이자입니다."

"나는 이 돈을 못 받고 떼일 거라 생각했는데 기특하구나."

석훈은 이후로도 장사를 해서 수원 일왕면에서 둘째가는 큰 부자가 되었어. _수원시 교동

6-7. 망해도 이렇게 망하면

성밖 마을에 황 진사라는 사람이 살았어. 그의 살림은 벼를 삼천석을 짓는 살림이었지만 8대 16촌이 한 집에 살았지. 16촌이 같이 사니까 며느리, 손자들까지 여간 많아야지. 신발도 네 것 내 것이 없었어. 먼저 나간 사람이 신고 갔다 벗어 놓으면 또 다른 사람이 신고 '내 신 어디갔냐'고 투덜대도 소용이 없는 거야. 황진사는 이래선 안 되겠다고 생각해서 분가를 시키기로 결심했지. 궁리 끝에 16촌에게 재산을 모두 나누어 주고 보니 삼천석이 다 없어지고 집밖에 남은 게 없는 거야. 이제 자기가 살 방도를 찾아야겠거든.

그때 마을 안에 진명창이라는 기생이 살고 있었는데 벼농사 삼천석을 짓는 부자였어. '저 진명창이를 잘 구슬려 보아야겠다'고 생각하고 그 집 문앞에 집을 한 칸 마련을 했어. 그리고 대문에 '조선팔도 광산사무소'라고 써 붙이고 성 밖의 친구들과 모의를 했어.

"내가 날마다 편지를 쓸 터이니 자네가 답장만 해 주게."

진명창이 가만히 지켜보니 전라도라든지, 강원도라든지 여기 저기서 광산이 폐지되었다는 소식이 자꾸 들어온단 말이야. 부자는 부자인데 팔도강산에 사무소를 갖고 저러는 게 참 안되기는 안됐단 말이야. '어디 저 양반을 좀 사귀어 봐야겠다' 생각하고는 술상을 차려서 찾아갔지.

"약주나 한잔 잡수세요."

그러자 황 진사는

"어디 여인네가 이런 법이 있느냐?"

호통을 쳐서 돌려보냈지. 진명창은 이에 물러나지 않고 주안상을 차려 닷새를 드나들었어. 황 진사는 못 이기는 척하고는 술을 한잔 두잔 마시다 사귀게 되고, 결국 진명창이를 소실로 들이게 되었지.

하루는 진명창이가 밖을 나가 보니 어떤 놈이 주먹으로 땅바닥을 두들기며 소리를 질러 대는 거야.

"황 진사 이놈, 망하다니 이렇게 망할 수가 있어?"

"그게 무슨 말씀입니까?"

"내가 '조선팔도 광산사무소'에서 광부로 있었는데 이놈의 광산이 어떻게 됐는지 죄다 망하느냐고. 이 편지를 봐. 날마다 이거 어쩐 일이야?"

이 소식을 듣고 진명창이 뛰어 들어와 낙담한 황 진사를 보고 말했어.

"샌님 괜찮소. 광산이 안 되기로소니 뭣이 걱정입니까? 내가 삼천석을 가지고 있으니 그걸로도 먹고 살지 않겠어요."

"나야 그렇더라도 내 가족을 다 어쩌란 말이냐?"

"가족도 다 데려오면 되지 무슨 상관입니까? 내 재산으로 먹고살면 되지요."

이렇게 황 진사는 궁리 끝에 다시 삼천석으로 먹고 살게 되었대. _양평군 청운면

6-8. 구운 게도 다리를 떼고 먹어라

어떤 형제가 아버지가 돌아가신 후 시묘를 살고 있었어. 내일모레쯤 되면 삼 년이 되어 집으로 내려가게 되는 날이었지. 시묘를 사는 동안 고기를 먹을 수가 있었겠어, 떡을 먹을 수가 있었겠어? 겨우 죽이나 끓여서 먹었지. 그러니 얼마나 고기가 먹고 싶겠어. 그런데 때마침 지게에 물건을 지고 팔러 다니는 총각이 지나가네.

"여보게 총각!"

"예."

"거 뭐 팔러 다니나?"

"게 팔러 다닙니다."

"그래 게가 좀 남았나?"

"남았습죠."

형이 동생을 보고

"동생, 저거 게 좀 사서 먹지?"

그랬더니 동생이

"아이 형님, 모레가 탈상이 아니오? 그동안 참으십시다."

"여길 누가 본다고 그랴?"

"그래도 뭘 주고 그걸 사요?"

"모레까지 먹고도 양식이 남지 않어? 그걸루 사 먹자."

"형님이 부득이 그러시면 그러지요."

형제는 총각을 불러 양식을 주고 게를 사서는 불에 올려놓고 구웠지.

시묘살이 하는 곳 옆에는 꽤 깊은 도랑이 흐르고 있는데 널다리나무라도 걸쳐 놔야 사람이 건너올 수 있었어. 아무래도 동생이 불안했던지 형에게 말했어.

"다리를 잠깐 떼고 올까요? 누가 오면 어떻게 해요?"

"여길 오길 누가 와? 그냥 둬."

동생은 형의 말을 듣고 다리를 떼지 않았지. 그런데 그때 돌아가신 아버지의 친구 분이 시묘살이 하는 친구의 자식들을 위로하러 가 봐야겠다고 생각하고 살살 산을 올라와서 다리로 턱 들어섰어. 이 사실을 알 리 없는 형제는 여막 안에서 게를 뜯어 먹느라 정신이 없었지. 친구 분이 도착해서 여막을 들추고 안을 들여다보는데 기가 막히는 거라.

"이런 사람들 보게. 이게 무슨 짓인고?"

형제는 깜짝 놀랄 수밖에. 삼 년 시묘살이 정성이 한순간에 그만 무산돼 버린 거야. 동생이 형을 원망하며 말했어.

"아유, 형님! 저 다리나 떼구서 먹지, 안 떼고 먹어서 이리 되었잖아요."

이래서 '구운 게도 다리를 떼고 먹어라'라는 말이 생기게 되었대. _수원시 교동

6-9. 아 멀긴 멀지 않았어

어떤 사람이 아들을 하나 뒀는데 눈 한쪽이 멀었어. 하루는 아들을 장가보내기 위해 중매쟁이 친구를 찾아갔어.

"내 아들을 장가를 들여야겠는데 눈이 한쪽 멀었으니 어쩌나. 그래도 어떻게 중매를 좀 해보게."

"봐 둔 색시가 있으니 걱정 말게. 내 중매를 설 테니, 자네 그리루 혼처를 정하게."

"그랴. 그랴."

중매쟁이는 친구와 약속을 하고 딸 둔 집을 찾아가서 아무 데 신랑감이 있으니 혼인을 하라고 했어. 색싯감 부모가 물었어.

"그래, 살긴 어떻소?"

"살기는 저 방에 거적을 열두 닢씩 깐다네."

"아이구, 부잘세나그랴. 방두 크군."

"근데 한 가지 안된 게 있어."

"뭐가 안되었어?"

"좀 멀어서….”

"먼 거야 상관 있나. 사는 형편은 간도 그렇고 괜찮어?"

"아, 장을 다달이 담근다네.”

"그 참 씀씀이도 크겠네. 다달이 담근다니깐, 내 그리로 혼인을 정하지. 통혼을 넣게.”

"그럼 그러시게.”

중매쟁이가 신랑 될 집에 가서 얘길 하니까 못난 아들을 둔 처지에 형편도 어려우니 가릴 것이 있나. 허겁지겁 사주단자를 꾸려서 죄 갖다 줬지.

혼인날이 되어 신랑이 장가를 들러 오는데 보니까 눈이 하나 멀었거든. 그러자 신붓집 부모가 화가 나서 중매쟁이를 찾았어.

"중매쟁이 이놈, 어디로 갔느냐?"

중매쟁이가 넉살 좋게 떡하니 잔칫집으로 왔어.

"왜 내게 거짓말을 했나? 왜 눈멀었다는 소릴 안 했냐구?"

"내가 한 가지 멀어서 안됐다구 그랬잖어.”

"인마, 혼인길이 먼 줄 알었지, 신랑 눈이 먼 줄 알었니?"

"아, 멀긴 멀지 않어. 내가 거짓말했어?"

"하, 이것 참….”

그렇다 해도 이제 어떻게 할 수 없으니 신행을 차려서 신랑집을 갔어. 가 보니 다 쓰러져 가는 오막살이집에 살림이 형편이 없었지.

"이놈아, 이렇게 어렵게… 부자로 잘산다더니 뭘 잘살어?"

"방에 들어가 봐라. 거적때기를 이엉 엮듯 한 열두어 닢을 주워 깔지 않았니? 열두 닢 안 되겠니? 세 봐라."

그러더래. 혼례까지 치르고 갔으니 어렵다고 도로 데리고 올 수도 없고, 그러니 어떻게 하겠어. _여주군 금사면

6-10. 명씨와 일월사

안씨 성을 가진 친구와 명씨 성을 가진 친구가 있었어. 그런데 명가가 어찌나 개구쟁이인지 안씨 친구를 만나면

"무당의 자식, 무당의 자식"

하거든. 어째 그러냐 하면 안安이라는 글자가 '계집 녀'女가 갓머리ᵁ를 쓴 모양이니, 무당이다 이거야. 그런데 안씨는 아무리 생각해도 명씨를 뭐라고 욕을 할 수가 있어야지. 만나면 "이 자식 무당의 자식" 그러는데 친구 사이에 시비를 할 수도 없고 속이 탔지.

한번은 중이 시주를 하러 내려왔는데 안씨가 중을 불렀어.

"쌀 한 말을 시주할 테니 얘기 좀 하고 가시오."

"그러지요."

그래서 안씨는 앞뒤 사정을 얘기하고 답을 기다렸어.

"내일 천렵냇물에서 고기잡이하는 일을 가는데 명씨 그 사람이 오면

또 그렇게 놀려 댈 거요. 무슨 방법이 없겠소?"

"내일 천렵을 가서 놀고 계시오. 그러다 내가 그곳을 지나갈 테니 요기라도 시켜 주는 척하고 나를 좀 부르시오."

그러고는 별다른 방법도 가르쳐 주지 않고 가 버리는 거야. 답답한 마음에 쌀 한 말만 내버린 셈이었지. 속에서 열이 났지만 어쩔 수가 있나. 그 중이 시키는 대로 해야지.

이튿날 천렵을 하는 장소에 가니 아니나 달라, 명씨가 냉큼 불러서는

"야 인마, 무당의 자식 이제 오는구나."

하면서 듣기 싫어 죽겠는데 또 저 소릴 한단 말야. 그때 마침 어제 만났던 중이 지나가고 있는 거라. 안씨는 얼른 중을 불러 말했어.

"스님, 여기 음식 좀 자시고 가오."

중이 오자 명가가 중더러 하는 소리가

"당신은 성이 뭐요?"

하고 묻는 거야. 그러자 중이 대답하기를

"성이 성 같지 않아서요."

하거든

"그게 무슨 소리요? 무슨 성이기에 그러오?"

"물으시니 답을 하지요. 일월사日月寺라는 절이 있습니다. 그

절의 중과 근처 암자에 머무는 비구승 사이에 아이를 낳았는데 그것이 바로 저입니다. 그래서 일日과 월月이 합쳐져서 성이 명가明哥가 되었습니다. 워낙 내력이 이렇다 보니 말씀드리기가 뭣합니다."

하고는 얼른 자리를 떴어. 이때부터 안씨는 명씨더러

"중놈의 자식"

이라며 성을 달리 불렀지. 이게 안씨는 무당의 자식, 명씨는 중놈의 자식이 된 사연이야. _화성군 양감면

6-11. 짚둥이도 웃는다

한 마을에 윗담과 아랫담이 있었어. 아랫담엔 똑똑한 건달들이 살았고 윗담엔 못난 사람이 한 사람 살았는데, 장가는 아주 썩 잘 들었더래. 건달들이 가만 생각하니 그 여자를 빼앗고는 싶은데 덮어놓고 뺏을 수는 없는 거야. 그래 건달 둘이 모의를 했어.

"윗담에 가서 옛날 얘기로 내기를 하자고 하세. 우리가 내기에 지면 우리 재산을 뺏기고 그 사람이 지면 부인을 우리한테 뺏기는 걸로 하세."

"그거 좋은 생각이로군. 어서 가세."

아랫담 건달들이 윗담의 못난 사람을 찾아갔어.

"아무개 집에 있나?"

"어쩐 일인가?"

"우리 심심한데 옛날 얘기로 내기나 하세."

"그거 좋지."

"자네가 얘기를 못하면 자네 부인을 우리한테 뺏기는 거고, 우리가 얘기를 못하면 우리 재산을 자네한테 다 뺏길 거야."

얘기도 할 줄 모르는 못난이가 재산을 다 준다는 말에

"그럼 좋아."

하고는 내기를 해 버렸지. 먼저 건달 중 하나가 이야기를 시작했어.

"내가 전에 장사를 다니는데 당나귀에 짐을 하나 잔뜩 싣고서 장을 보러 갔지. 무인지경에 소나기를 만났네그려. 비를 그을 데가 없어 두리번두리번하니까, 커다란 갓버섯이 핀 게 있었지. 그래서 거기다 나귀를 들여 매고 비를 피하고 왔네."

그런 거짓말이 어딨어. 그래도 시치미를 뚝 떼고 또 다른 건달이 이야기를 했어.

"내가 전에 살림을 나는데 뭐가 있어야지? 아버지가 바늘 한 개를 주시는 거야. 그래서 그 바늘 한 개를 가지고 솥도 만들고, 낫도 만들고, 호미도 만들었지. 그러고도 우리 집에 그 바늘이 아직 남아 있네그려."

이런 순 거짓말을 하고서는

"자네 차례니 얘기하게."

하는 거야. 윗담 사람은 못났으니 뭐 얘기할 줄을 알아야지. 거짓말도 할 줄 모르니 묵묵부답이지.

"그럼 이제 자네 부인은 우리한테 뺏겼네."

"내일 아침 우리가 올라옴세. 자네 집으로 올 테니 그런 줄 알 게나."

제 마누라를 꼼짝없이 뺏기게 생겼으니 부인한테는 얘기도 못하고 끙끙 앓는 거야. 부인이 밥을 해 놓고 암만 먹으래도 일어나지를 않아.

"어디가 아퍼 그러우?"

"……."

"제발 말이나 좀 하우! 답답해 죽겠네. 어디가 아프우?"

"아, 아픈 게 아녀."

"그럼 왜 그러우?"

"저 아랫마을 아무개 아무개하고 옛날얘기 내기를 했는데 내가 얘기를 못해서 당신을 뺏기게 생겨서 그러는겨."

"뭐요? 그 사람네는 뭐라고 얘기합디까?"

못난 사람은 부인에게 이러쿵저러쿵 있었던 일을 죄 말해 주었지. 얘기를 다 들은 부인이 말했어.

"그거 아주 잘 됐수. 그러지 않아도 당신하고 살기 싫은 판에 잘 됐네요."

마누라도 간대니 할 수 없이 빼앗기게 생겼지. 떼굴떼굴 구르면서 죽는다고 막 앓는 거야. 한참을 그러고 있으니 부인이

"여보! 일어나요. 밥 먹우. 내가 설마 하니 그 사람들한테 뺏겨 갈 성부르우? 안 뺏겨 갈 테니까 일어나 밥 먹우."

그러니까 이 못난이가 얼른 일어나 밥을 먹는 거야.

"내일 당신은 짚동을 싸서 요렇게 묶어 놓고, 내가 무명을 매다가 그 사람들이 내 말에 뭐라고 답변을 하거든 툭 쓰러지면서 그 안에서 웃으세요."

하고 둘이 모의를 했어. 이튿날 부인이 마당에서 무명을 매고 있자니 그 건달 둘이 올라온 거야.

"아무개 집에 있나?"

"어디 가셨는데요."

"어제 꼭 약속한 게 있는데 어딜 갔나? 어딜 갔어요?"

"말씀하실 게 있으면 저한테 하세요. 제가 전해 드리지요."

"거, 부인한테 전할 말씀은 아닌데요."

"며칠 되어 오실는지 모르겠어요."

"어딜 그렇게 갔어요."

"엊저녁에 낳은 강아지 새끼하고 오늘 식전에 난 매 새끼하고 데리고 사냥을 갔으니까 언제 오실지는 모르겠어요."

이놈들이 듣자 하니 말이 안 되거든.

"아니 엊저녁에 난 강아지하고 오늘 식전에 난 매 새끼가 무슨 사냥을 하우?"

"여보우, 당신은 무슨 바늘이 커서 솥도 만들고 연장도 만들고도 남았으며, 갓버섯이 얼마나 커서 나귀를 들여 매고 비를 피하셨소?"

부인이 그러니 건달들이 할 말이 있어야지. 아무 말도 못하고 슬금슬금 내빼는데 짚동이 쓰러지면서 깔깔 웃네.

"당신네 말이 하도 말 같지 않으니 저 짚동이 다 웃는구만."

건달들은 아무 소리 못하고 내빼더래. _양평군 지제면

6-12. 찰숙맥 사위① ─ 너희 댁한테 배워라

옛날에 **예문가**_{예법에 정통하고 예를 잘 지키는 집안}**와 문한가**_{대대로 뛰어난} _{문필가가 나온 집안}가 혼인을 했어. 문한가는 아들이고 예문가는 딸이었어. 그런데 문한가라고 이름만 크게 났지 막상 그 아들은 셈도 할 줄 모르는 숙맥이었어. 장인이 보기에 원 이런 답답한 일이 없거든.

"하, 이 얼띤 놈, 너는 너희 댁한테 배워라. 사서삼경을 다 가르쳐 출가시켰으니 뭐든 배워서 해라."

한 날은 동네 초상이 났어. 숙맥 남편은 장인이 '너희 댁한테 배우라' 했으니 부인에게 물었어.

"여보, 동네 초상이 났는데 어떻게 가우?"

"가서 상복을 입은 후면 문상을 하되 '상사_{喪事} 말씀이 무슨 말씀이냐'고 이렇게만 하우."

"알겠소."

그러고는 초상집을 가는데 가는 길에 도랑을 건너뛰다가 그만 그 말을 잊어버렸어. '상' 자는 기억이 나는데 뒷말이 생각이 나질 않는 거야. 길에서 곰곰 생각하니 '상어'는 알겠거든. '거기에 겸해서 명태까지 집어넣자'고 했지.

초상집에 도착해 보니 사람들이 상복을 입었어. 그래서 인사를 하는데

"상어 말씀 무슨 말씀, 명태 말씀 무슨 말씀."

하니 상제가 이런 인사는 처음 받아 보는 거라 비웃음을 지었어. 문한가 아들이 숙맥이라도 자기를 비웃는 것은 알아서 욕을 당한 것이 분명하거든. 그래, 돌아와서 마누라를 책망하는 거야.

"어떻게 가르쳐 줬기에 내가 비웃음을 당하고 왔소."

"그래요? 뭐라고 하셨어요?"

"당신이 상어 말씀 무슨 말씀이라고 하지 않았소?"

"제가 언제 '상어'라 했어요. '상사'라 했지요."

그후에 또 동네의 소상小祥과 대상大祥에 조문을 가야 할 일이 생겼어.

"여보, 어떻게 했으면 좋겠소?"

"가르쳐 줘도 도랑을 건너다 잊어버리는 거, 그곳에 가서 보고 남 하는 대로만 하세요."

"알겠소."

마침 그 이웃에 삼돌이 아버지가 조상을 가는데 그 사람이 키가 9척이야. 조상을 하러 문을 열고 들어가는데 문중방이 얕으니까 머리로 문중방을 들이받았단 말이야. 이 문한가의 숙맥은 부인이 남 하는 대로만 하라 했으니 그렇게 하는 것이 법인 줄만 알고, 키가 작은데도 뛰어올라서 문중방을 받으니 머리가 두 쪽이 날 지경이었어. 그러니 조상을 할 겨를이 있어? 그냥 머리를 거머쥐고 집엘 왔지. 그러고는 부인을 보고 야단을 하는 거야. 부인인들 어쩌겠어. 숙맥한테 시집을 왔으니 도리 없이 맞추고 살 수밖에. _안성군 삼죽면

6-13. 찰숙맥 사위② ― 불지 말고 잡수세요

봄날이 되어 예문가 딸이 가난한 살림에 배가 고플 부모님이 걱정이 되었어. 숙맥 신랑을 시켜 인절미를 한 짐하고, 술 한 동이하고, 닭 한 마리를 통으로 잡아서 보냈어. 그런데 이 숙맥이 가다가 인절미도, 술도, 닭고기도 그 이름을 다 잊어버렸지. 인절미를 꺼내 잡아당기니 늘어나고 놓으면 오므라들거든.

"이건 '잡아웅덩거리'로구나."

하고 술병은 들어서 흔들어 보니 쭐렁거리거든.

"이건 '쭐렁쭐렁이'로구나."

라고 했어. 그런데 닭고기는 도대체 생각이 나질 않아 먼 산만 쳐다보고 앉았어. 그때 꿩이 '껄끄덩푸드덩' 하거든. 닭을 보니 그 벼슬과 다리 생긴 것이 꼭 꿩 같아.

"그래, 이건 '껄끄덩푸드덩'이로구나!"

이러고는 짊어지고 처갓집에 도착하니 장모가 짚신짝을 거꾸로 끌며 뛰어 나왔어.

"사위! 뭘 해서 이렇게 지고 오는가?"

"아 예, 잡아옹덩거리, 껄끄덩푸드덩, 쭐렁쭐렁 좀 해 가지고 왔습니다."

하는 거야. 들여다보니 인절미, 닭고기, 술인데 그리 말하고 있는 거지. 장모는 속으로 '그래 숙맥이 분명하구나! 숙맥이라더니 숙맥 중에 찰숙맥이구나!' 생각했지. 사위가 옆 변소에서 소변을 보고 있는데 장인이 들어와 물었어.

"사위가 뭘 해가지고 왔어?"

그러니까 장모가

"인절미를 가지고 잡아옹덩거리라 하고, 술을 가지고 쭐렁쭐렁이라 하고, 닭고길 가지고 껄끄덩푸드덩이라 하는데 숙맥이 아니요?"

하니 장인이 화를 내며

"공연히 남의 자식 잡느라 똑똑한 사위를 그리 보는가. 들어오거든 내 다시 물어보지."

하는 거야. 사위가 소변을 보다 이 말을 다 들었거든. 꾸벅 절을 하며 들어오자 장인이

"자네 뭘 그렇게 해가지고 왔나?"

하고 물으니

"인절미하고, 술 좀 하고, 닭고기를 해왔습니다."

라고 했어. 장인은 사위를 험담한 장모를 혼쭐을 냈어. 그러니 처갓집에 묵을 여지가 있어? 꽁지 빠지게 집으로 돌아갔지. 얘기를 들은 부인이 울면서

"아이구, 어머니 아버지 배고프실까 좀 잡수시라고 음식을 해보냈더니 공연히 앓아누우시게 했구나."

하고선 다시 흰 죽을 끓여 보냈어. 사위가 또 온다고 하니 장모가 이불을 푹 뒤집어쓰고 드러누웠거든. 사위놈이 죽그릇을 가지고 들어와 보니 장모가 이불을 쓰고 누웠어. 어디가 위인지 어디가 아래인지 알 수가 있어야지? 그래, 똥구멍에 대고서

"흰 죽 잡수세요. 그렇게 못 잡수면 어떻게 합니까?"

하니까 장모가 하도 우스워서 방귀를 '푸시시' 꿨단 말야. 그랬더니 사위가 하는 말이

"아구, 이거 엊저녁에 쑨 죽이올시다. 다 식었으니 그냥 불지 말고 잡수세요."

하더래. _안성군 삼죽면

6-14. 웃긴 이야기 ① — 쇠파리가 퍼간 장

장은 담가서 봄을 지내면 장물이 오지그릇붉은 진흙을 만들어 볕에 말린 뒤 오짓물(자연유약인 잿물)을 입혀 구운 그릇에 말라서 줄어들어. 근데 충주 사는 자린고비에게는 이 말이 통하지 않았어. 마누라더러 집을 지키라고 하고서는 마실을 갔다 와 보니 장이 줄어 있는 거야. 마누라를 붙잡아 두들겨 주며 말했지.

"장을 누굴 퍼 줘서 이렇게 줄은 거냐?"

자린고비의 마누라가 억울해하며 말했어.

"그럼 당신이 장독을 지키시우."

"그래. 그래 보자."

자린고비는 장독간에 앉아 장을 지켜보고 있었지. 가만히 보고 있자니 주먹댕이 같은 쇠파리가 '웅' 하고 날아와서는 장독에 가서 풍덩 빠졌다가 날아가는데, 보니까 장이 줄었어. 충주 자린고비는 장물이 아까워 바가지에 물을 퍼서 쇠파리놈 발을

씻어 먹겠다고 쫓아갔어. 충주에서 용인의 백암까지, 백암에서
도 제일 높다는 좌전고개에 왔어. 파리가 거기 앉을까 하더니 또
후루룩 날아가는 거야. 바가지를 들고 또 쫓아갔지. 쇠파리는 호
랑이가 많다는 용인 메주고개에 앉았어. 날개가 아파 쉬려고 했
는데 자린고비가 또 쫓아오네. 이번엔 어정으로 날아갔어. 자린
고비가 물바가지를 들고 여기저기 쇠파리를 찾아 돌아다니는데
머리 위에서 '옹' 하는 소리가 나지. 올려다보니 그 쇠파리야. 그
래서 바가지를 들고 다시 쫓아 내려가니 어정께를 돌다가 아차
지고개로 날아가더니 그만 위로 높이 솟아 날았어. 결국 어정에
서 어정어정하다가 아차지고개에서 아차 하고 놓쳐 버렸대. _안
성군 안성읍

6-15. 웃긴 이야기 ② ─나도 밤나무야

율곡은 밤나뭇골의 선생인데 사주가 호랑이에게 죽을 팔자였어. 다행히 밤나무를 천 그루 심으면 화를 면할 수 있다고 해서 밤나무 천 그루를 심었지.

어느 날 집채만 한 호랑이가 내려와서는

"자! 그럼 밤나무가 천 그루가 맞는지 어디 한번 세어 볼까? 하나, 둘, 셋, 넷…."

밤나무를 다 세어 봐도 구백아흔아홉 그루뿐이네. 천 그루에서 한 그루가 모자라는 거야. 율곡 선생은 꼼짝없이 죽게 되었지. 호랑이가 눈을 부라리며

"이런! 어쩔 수 없이 너를 잡아먹어야 되겠구나."

하고는 커다란 입을 벌리고 달려들었어. 그 모양을 가만히 지켜보던 율곡 선생이 그제야 손을 들면서

"잠깐 내 말 좀 들어 보거라." 하더니,

"나도 밤나무다." 하더래.

그러자 호랑이가 뒤통수를 긁적거리며 씩— 웃고는 슬그머니 돌아가더래. _양평군 단월면

6-16. 팥죽 할멈과 호랑이

옛날 어느 깊은 산골에 할머니가 혼자 살고 계셨어. 하루는 할머니가 밭을 매고 있었는데 산에서 호랑이가 내려왔더래. 이 호랑이도 어지간히 심심했나 봐. 바로 할머니를 잡아먹어도 될 것을,

"할멈, 나랑 내기 하슈. 같이 밭을 매서 할멈이 먼저 매면 고만두고, 내가 먼저 매면 할멈을 잡아먹겠수." 하는 거야.

할머니가 얼떨결에 내기를 하고선 밭을 매는데 호랑이가 발톱으로 호비호비 밭을 먼저 다 매잖아.

"할멈! 내가 이겼으니 이제 잡아먹어야겠수."

"에이, 내가 밭을 매느라 얼마나 애를 썼는데…. 팥을 떨어서 팥죽이나 쑤어 먹거든 잡아먹어라."

호랑이는 고개를 끄덕이고는 어슬렁어슬렁 산으로 돌아갔어. 어느덧 가을이 되어 할머니가 팥을 거두어들이자 호랑이가 다시 찾아와 말했어.

"할멈, 할멈을 잡아먹으러 왔소."

"내일 저녁 팥죽을 쒀 먹으면 잡아가거라."

이튿날 할머니는 팥죽을 쒀서 한 동이를 퍼 놓고 앉아 훌쩍훌쩍 울지. 그러자 달걀이 데굴데굴 굴러 와서는 물었어.

"할머니, 할머니, 왜 울우?"

"오늘 저녁에 죽겠어서 운다."

"팥죽 한 그릇 주면 내 살려 주지."

팥죽을 한 그릇을 줬더니

"부엌 아궁이에 날 묻어 주소."

하는 거야 그래서 달걀을 부엌의 아궁이에 묻어 줬지.

또 엉엉 우니까 자라가 엉금엉금 기어와서는

"할머니, 할머니 왜 울우?"

"오늘 저녁에 죽겠어서 운다."

"팥죽 한 그릇 주면 내 살려 주지."

할머니가 팥죽 한 그릇을 주니 부엌의 물두멍 속에 넣어 달래서 그렇게 해 주었지.

할머니는 호랑이에게 잡아먹힐 생각을 하자 또 엉엉하고 울었어. 이번엔 송곳이 데굴데굴 굴러 와서

"할머니, 할머니, 왜 울우?"

"오늘 저녁에 죽겠어서 운다."

"팥죽 한 그릇 주면 내 살려 주지."

할머니가 팥죽 한 그릇을 주니

"부엌 바닥에 나를 세워 주소."

할머니가 송곳을 부엌 바닥에 세워 주고는 또 엉엉 울었어. 이번에는 멍석이 데굴데굴 굴러 와서는 팥죽 한 그릇을 얻어먹고는 마당 가운데 펴지고, 지게란 놈은 팥죽 한 그릇을 얻어먹고 대문간에 서고, 가래흙을 파헤치거나 떠서 던지는 기구란 놈이 어쩡어쩡 걸어오더니 팥죽을 얻어먹고 지게 옆에 섰어.

그러고 나자 드디어 호랑이가 할머니를 찾아왔어. 할머니가 얼른 불을 끄자

"할멈 내가 들어오는데 왜 불을 끄는 거요?"

"내가 껐나? 범 들어오는 바람에 꺼졌지."

그러고는 관솔가지를 하나 주면서

"아궁이에 가서 붙여 오너라. 밝은 데서 잡아먹어야 되지 않겠냐?"

호랑이가 부엌으로 가서는 불을 붙이려고 아궁이를 들여다보고 있는데 갑자기 뜨겁게 달구어진 달걀이 호랑이의 눈알에 뛰어들었어. 호랑이가 뜨거워서 물동이에 앞발을 집어넣자 자라가 호랑이의 발가락을 냉큼 깨물었어. 호랑이가 깜짝 놀라 펄쩍 뛰자 천장에 매달려 있던 맷돌이 호랑이 머리 위로 떨어졌어.

그 충격으로 호랑이가 부엌 바닥에 털썩 주저앉았어. 그러자 자기 차례를 기다리고 있던 송곳이 사정없이 호랑이의 엉덩이를 찔렀어. 호랑이가 정신없이 도망을 가느라 마당의 멍석 위로 올라가자 멍석은 호랑이를 둘둘 말아서 대문간에 서 있는 지게에 올려놓았어. 지게와 함께 있던 가래는 산속에 땅을 파고 호랑이를 묻어 주고 장사를 지내더래. 그 덕에 할머니는 오래오래 살게 되었지. _용인군 원삼면

7부

땅에도 뜻이 있고 이름이 있다

7-1. 내력을 알아야 묘를 쓰지

어느 마을에 아들 삼형제가 늙은 아버지와 함께 살고 있었어. 형편이 어려워 살기가 힘들어지자 아들 삼형제가 의논을 했어.

"도선이가 묏자리를 잡아 주면 잘 된다고 하니 우리도 아버지가 죽거든 봐 달라고 하자."

아들 삼형제는 작당을 하여 아버지를 굶어 죽게 했어. 그러고는 도선을 찾아가 묏자리를 잡아 달라고 했지.

"그래 무슨 자리를 원하느냐?"

"부자가 될 자리를 원합니다."

"부자 될 자리라…. 그럼 여기다 쓰도록 해라."

아들 삼형제가 도선이 정해 준 묏자리를 파고 있는데 웬 노인이 와서 물었어.

"이 자리를 누가 잡아 주었느냐?"

"저기 도선이 잡아 주었소."

노인은 도선에게 가서 물었어.

"그대는 어찌하여 이곳을 잡아 주었느냐?"

"저 사람들이 부자가 될 자리를 찾기에 그리하였소."

그러자 노인이 말했어.

"자네가 이 아래 우물에 금붕어 세 마리가 노는 것을 보고 자리를 썼지만 그 금붕어는 눈이 부옇게 멀어 있네. 여기에 묘를 쓰면 잘 살기는 하겠지만 삼형제가 모조리 소경이 될 테니 그런 줄 알게."

삼형제가 노인이 알려 준 곳으로 가 보니 금붕어가 뿌옇게 눈이 멀어 오도 가도 못하고 있는 게 보였어.

삼형제가 몽둥이를 들고 도선에게 달려들며 말했어.

"이 자식이, 남 소경 만들라구 이런 데다 묘를 쓰게 해!"

도선은 질겁을 하며 도망쳤어. 그러고는 높은 산 바윗돌에 쇠패철지금의 나침반을 올려놓고 깨트리려 했지.

그때 그 노인이 쫓아 와 말렸어.

"깨지 마라."

"내가 이것을 더 가지고 있다가는 제 명에 죽지 못할 터이니 말리지 마시오."

"잘 들어라. 묏자리를 잡아 주려면 상주 되는 사람의 내력을 알고 잡아 주어야 한다. 그곳은 아랫마을 사는 심 효자가 쓸 자

리지. 저놈들은 지 애비를 굶겨 죽인 불효자식들이다. 그래서 내
가 잠시 도술을 써서 붕어 눈을 멀게 하여 거기에 둔 것이다. 너
는 묏자리를 잘 보니 앞으로는 이 말을 명심하도록 해라.”

　그러고는 사라져 버렸어. _여주군 여주읍

7-2. 이만 하면 정승을 못하겠소

원두표는 낫 놓고 기역자도 모르는 사람이었지만 힘이 천하장
사였어. 어려운 살림에 형과 함께 어머니를 모시며 살았지. 그러
다 그만 어머니가 돌아가셨어. 원두표가 형에게 말했어.

"어머니가 돌아가셨으니 산소 자리를 마련해야 하지 않아
요?"

"그러고 싶지만 뭐라도 있어야 할 수 있지 않겠는가?"

"지관이라도 불러야지요. 어느 지관이 제일 용합니까?"

"지관이야 박상인보다 더 용한 지관이 있나?"

"박상인만 부르면 좋은 자리를 잡을 수 있수?"

"그 양반이 잡는다면야 우리가 가난해도 어머니를 좋은 자리
에 모실 수 있겠지."

"박상인은 어디 가면 만날 수 있소?"

"서울 어디쯤에 대궐 같은 집을 짓고 산다고 들었지만…."

"그러면 걱정없수. 내가 박상인을 데리고 올 테니 형님은 나 하라는 대로만 하우."

원두표는 박상인을 찾아 서울로 갔지. 여기저기 물어 물어 찾다가 고관들이 모여 바둑을 두고 있는 곳을 가게 되었지. 그곳에 박상인이 있었어. 원두표가 천하장사라 대뜸 뛰어 올라가 박상인을 어린애처럼 훌쩍 업어서는 내리 달렸지. 어찌나 빠르던지 눈에 보이지 않을 정도였어. 그렇게 달려서 고향의 어머니 묘 쓸 자리 근처까지 왔어. 원두표는 형에게 미리 말해 둔 나무에 박상인을 매달아 놓고 도망을 갔어. 박상인은 이제 죽게 되었으니 소리를 질러 댔어.

"사람 살려요! 사람 좀 살려 주시오!"

원두표의 형은 동생이 일러준 대로 근처에서 보리밥을 싸 가서 나무를 하는 척하고 있었어. 그리고 박상인이 고함을 지르자 달려가 구해 주는 척했지. 아무것도 모르는 박상인은 죽게 된 자신을 살려 주고 보리밥까지 나눠 주자, 원두표의 형을 은인이라 생각했어. 원두표의 형이 건을 쓴 것을 보고 물었어.

"누구 장사를 모셨느냐?"

"저희 어머니께서 돌아가셨습니다."

"산소는 마련하였는가?"

"없는 사람이 어디 묘를 쓸 수가 있습니까? 그냥 가묘만 해 놨습니다."

"그럼 내가 자리를 구해 주지."

이리저리 다니며 산소 자리를 잡는데 정승이 날 자리를 보았어. 그러데 형의 얼굴을 보니 정승이 될 상이 아닌 거야.

"이 자리는 정승이 날 자린데 너는 정승의 상이 아니니 소용이 없겠구나."

그때 원두표가 숲속에서 뛰어 나오며

"이만 하면 정승 못하겠소?"

하는 거야. 자세히 보니 상은 정승상인데 자기를 잡아온 바로 그놈이네.

"할 수 없지. 이건 너에게 하늘이 내린 자리다."

이 원두표가 인조반정 때 공을 세우고, 효종 때 우의정·좌의정을 두루 거친 바로 그 원두표야. _화성군 정남면

7-3. 호랑이가 한 번 울면 벼슬이 덜컥

여주는 세종대왕을 모신 영릉英陵: 세종대왕과 소현왕후 심씨의 합장릉이 있는 곳이야. 영릉을 모실 때 일이지. 관이 들어갈 땅을 파고 있는데, 대삿갓을 쓴 중이 오더니 바가지를 내밀면서 말했어.

"물 좀 주시오."

왕릉을 쓰려고 하는데 와서 물을 달라고 했으니 이는 죽어 마땅한 일이었어.

"저놈을 잡아 죽여라."

별안간 난리가 났지. 그런데 중을 잡아 오기도 전에 파 놓은 땅에서 물이 왈칵 올라왔어. 대관들이 의논하여 말했어.

"저 사람은 중이 아니라 도사다. 빨리 가서 붙잡아 오너라."

잡아와 앉혀 놓고 물었어.

"저 땅에서 물이 올라오는 이유를 말하여라."

"이 물을 막으려면 장정 여섯을 주시오."

중은 사람들을 데리고 주읍산으로 갔어. 산 중턱에 올라 한 곳을 가리키며 그곳을 파라고 했지. 조금을 파다 보니 물이 왈칵 올라왔어. 그러자 여주 영릉을 모시려 파던 자리에 솟았던 물이 싹 마르는 거야. 이후로 나라에서는 주읍산을 능은 없지만 능산으로 삼았어. 그리고 다른 사람이 묘를 쓰지 못하게 했지.

노론과 소론이 당쟁을 할 때였어. 소론이었던 창녕 조씨가 몰래 부모의 묘를 능산의 호혈 자리에 모셨어. 그랬더니 그곳에 묘를 쓴 뒤부터 호랑이 소리가 한 번 들릴 때마다 창녕 조씨가 대과에 급제를 하고 벼슬이 덜컥덜컥 올라가는 거야. 노론이었던 안동 김씨가 이 사실을 알아내서 왕에게 고했어. 임금이 깜짝 놀라 화가 잔뜩 나서 창녕 조씨를 불러 물었어.

"넓은 땅 어디에 묘를 쓸 곳이 없어 내 산에다 묘를 썼느냐?"

"이 땅 어디인들 나라 땅이 아니겠습니까? 임금과 신하는 부자지간이거늘 자식이 부모를 버리고 가면 어디로 갑니까?"

임금이 무릎을 탁 치며 말했어.

"가위 충신이로구나."

이후로 창녕 조씨만 그곳에 묘를 쓰게 되었지. 안동 김씨들이 그곳을 지나갈 때면 한 번씩 쳐다보고서는 이렇게 말했다고 해.

"안동 김가는 세상없어도 조가의 머슴꾼밖에 안 되겠구나."

_여주군 대신면

7-4. 임금이 오실 자리, 어림지지

정종임금이 태종에게 왕위를 물려주고 산천 구경을 다니다가 용인 땅에 들어서게 되었어. 용인에는 이 생원이라는 이가 살고 있었는데, 개울가 모래 속에 움을 파고 짚을 삼으며 살았어. 그래도 배운 게 있어 동네 사람들에게 택일을 해주기도 했지. 하루는 동네 머슴아이가 찾아왔어.

"샌님."

"왜 그러느냐?"

"어미가 죽었는데 묘를 어디다 쓰면 좋아요?"

"음, 저길 쓰면 돈 댓 냥이 생길 테니. 돈 댓 냥이 생기거든 저리루 옮겨다 쓰거라."

머슴아이가 제 어머니 시신를 지고 가서는 괭이로 득득 땅을 긁었지. 정종께서 시종을 데리고 그곳을 지나가게 되었는데 웬 놈이 천하 망할 곳에 묘를 쓰려 한단 말이야. 그러니 쫓아 올라와서는 말했지.

"여기 쓰지 말거라."

"여길 쓰지 말라니요. 어차피 돈이 없어 다른 곳에 쓰기도 어렵습니다."

"옜다. 돈을 줄 테니 저어기에 갖다 쓰거라."

하고 가르쳐 주거든.

"저두 그렇게 하려고 했어요."

"그렇게 하려고 했다니 무슨 소리냐?"

"이 아래 내려가면 이 생원이라고 있는데 여기다 쓰면 돈 댓 냥이 생길 테니 그렇게 되면 저기다 쓰라고 그랬답니다."

"그런 사람이 있어?"

아이가 가르쳐 준 곳으로 가 보니 이 생원이란 자가 모래사장에 움을 묻고 살고 있는 거야. 이상한 놈이라 여겨 물었어.

"당신이 저 아이에게 묏자리를 가르쳐 주었는가?"

"아, 그렇습니다."

"그렇게 잘 아는 사람이 왜 좋은 자리에 터를 잡아 살지 않고 이런 데서 사는 거냐?"

"여기가 이래 봬두 어림지지御臨之地 이옵니다."

어림지지란 임금이 오실 자리를 말하지. 그러자 수행하는 시종이 놀라 소리를 낮추며

"쉬이."

하거든. 그러니깐 이 사람이 움막에서 후다닥 튀어 나오더니 엎드려서 절을 했어.

"황공하옵니다."

정종임금은 '이런 사람을 야지에 묻어 두다니' 하고는 그를 주선해서 벼슬을 내렸다고 해. 용인 이씨가 그렇게 양반이 되었다는 얘기가 있어. _여주군 여주읍

7-5. 쫓겨날 부인을 살린 지관

양반이라도 공부를 해서 과거에 붙어야만 밥을 좀 먹지, 그러기 전에는 먹고사는 게 힘들었어. 한 선비가 있었는데 주야장천 틀어박혀서 공부만 했어. 그런데 사흘이 지나도 아내가 밥을 주지 않는 거야. 그제야 나와 보니 아내가 혼자서 입을 다시며 뭘 먹고 있네.

"나는 안 주고 뭘 그리 먹고 있는 거요?"

"여보, 내 입술 좀 보오."

가만히 보니 아내가 얼마나 배가 고픈지 흙을 떼어 먹고 있는 거였어.

"공부도 좋지만 칡뿌리라도 캐다 놓고 해야지, 이렇게 굶어서 어떻게 할 거요?"

선비는 기가 막혀서 책을 덮어 버렸어. 그 길로 보따리를 싸 들고 지관 노릇이라도 해보려고 집을 나갔어. 솔밭을 지나다 보니 새로 쓴 묘가 하나 있는데 아주 묏자리를 잘 쓴 거야.

"이런 명당을 어떻게 쓴 건지 살펴봐야겠다."

하고서는 집을 나올 때 챙겨 온 쇠^{풍수가}가 지리를 살피기 위해 가지고 다니던 지남철를 놓고 이리저리 살폈어.

"여기가 호혈虎穴인데…. 호혈엔 칠삭동자를 낳아야 성공하는 법이 거든."

그러고는 산을 내려왔지. 해질녘이 되어 큰 기와집 앞에 이르 렀어. 선비가 "이리 오너라" 하고 사람을 부르자 종들이 나와서 그를 사랑으로 모시는데 주인영감이 잠깐 나와 수인사를 하고 들어갔어. 저녁을 얻어먹고 막 잠자리에 들려는데 머리를 풀어 서 산발을 한 여자가 들어오는 거야.

"선비님, 이 편지를 친정에 보내 주시면 그만 한 대가를 드리 겠습니다."

"무슨 연유로 이렇게 하느냐?"

"저는 이 집 며느리인데 얼마 전 몸을 풀었습니다. 하지만 아 이가 칠삭둥이라 하여 이레가 되도록 물 한 모금 주질 않습니다. 이제 원한이 맺혀 죽게 되었으니 제발 제 원을 풀어 주세요."

선비는 모른 척 주인을 불러 말했어.

"얘기나 좀 하시지요. 아까 오다 보니 저 건너 산소가 하나 있 던데 그게 뉘 댁 산소요?"

"제 집 산소인데 왜 그러시오?"

"그게 호혈이더구면요. 호혈에는 칠삭둥이를 낳아야 왕성을 하는 건데 영감님은 칠삭둥이를 보셨는지요?"

"그런 말은 어디서 들었소?"

"통감 셋째 권 열두 장을 넘기고서 넷째 줄을 읽어 보면 거기 적혀 있습니다."

그러자 주인영감이 깜짝 놀라며 통감을 꺼내 놓고 보니, 정말로 말해 준 거기에 호혈에는 칠삭둥이를 낳아야 성공한다고 적혀 있는 거야. 그제야 하인을 시켜 미음을 끓이게 하고 부인을 불러서 말했어.

"얼른 미음을 드시고 몸 구완을 하시오."

주인영감이 부인을 살려 놓고는 지관 노릇 한 선비에게 후하게 보상을 주었어. 이렇게 가난을 넘긴 선비는 공부를 해서 과거를 볼 수 있었대. _안성군 원곡면

7-6. 책상 위의 꿈

권수한이라는 사람이 살았는데 그의 증조할아버지가 돌아가시
자 지관이 묏자리를 정해 주었어. 문경새재의 조령 어디쯤이었
지. 그런데 묘를 쓰려고 보니 고총오래된 무덤 자리였어.

권수한이 지관더러 말했어.

"여보시오, 이곳은 보아하니 새 땅이 아니고 그전에 장사지냈
던 고총 자리 같은데 여기다 묘를 쓰면 어떻게 한단 말이오?"

지관이 말하기를,

"고인총상古人塚上이 금인장지今人葬之란 말 못 들었소? 옛날 묘
위에다 새 사람 장사지낸단 얘기 말이오."

"여보시오. 그래, 내 새집을 짓자고 남의 헌집을 어떻게 뜯우.
그러지 말고 다른 데로 잡아 주시오."

"아! 싫거든 그만두시오."

하더니 그만 가 버리는 거야. 권수한은 근심이 되었지. 집으로

돌아와 책상을 의지하고 앉아 있다가 깜박 잠이 들었어. 그런데 꿈에 벙거지를 쓴 하인이 오더니 이렇게 말했어.

"서방님, 안녕하시우?"

"아, 니가 누구냐?"

"아까 본 조령의 묏자리가 바로 제 집이라오. 지관이 그곳을 헐라고 했는데도 서방님이 그 말에 따르지 않고 지켜 주셨으니 참으로 고맙소. 그러니 제 말대로 한번 해보시오."

깨고 보니 '주간책상지몽'晝間冊床之夢, '낮 사이에 구는 책상 위의 꿈'이라…. 이걸 믿어야 하나 말아야 하나 하면서도 권수한은 꿈속 하인이 일러 준 대로 쌀을 찧어 떡을 하고 짚신을 삼아 짊어지고 골짜기를 찾아갔어. 가시덤불 옆에 떡을 놓고서 절을 하는데 뭔가 허연 게 있어. 가만히 들여다보니 다 죽어 가는 늙은 중이 발은 전부 찔려 피투성이고 목숨이 발랑발랑 하고 있었어. 그래서 가지고 간 떡을 물에 적셔서 조금씩 넣어 주니 깔닥깔닥 하고 받아먹는데, 해 가지고 간 떡 세 되를 모두 먹었지 뭐야. 그러고는

"휴우."

하더니, 그제야

"아이구, 누구슈?"

하고 묻는 거야.

"지나가던 사람이우."

그러자 정신을 차린 늙은 중은 권수한이 상복을 입고 있는 것을 보고 말했어.

"일을 당하신 것 같은데 산지는 구했소?"

"못 구했습니다."

"내가 이 은혜로 산지나 구해 주지."

하고 가더니 한 곳을 정해 주며 이곳에 묘를 쓰면 정승이 날 것이라 했어. 권수한은 늙은 중이 알려 준 대로 그곳에 묘를 썼어. 그 이후로 이 집안에서 권수한, 권상하라는 두 정승이 나게 되었대. _여주군 여주읍

7-7. 죽은 뒤엔 원수가 없다

어느 고을에 한쪽은 이씨 일가들이 살았고 다른 쪽은 김씨 일가들이 살았어. 그런데 김 서방네도 정승을 하고 이 서방네도 정승을 하는데 서로 완전히 척을 지고 살았지. 서로 혼인도 안 할뿐더러 조금만 이상이 있으면 트집을 잡고 싸움을 했어.

그러다 김 정승이 병이 들어 죽게 되었어. 김 정승은 아들을 불러 말했어.

"이 정승에게 가서 내가 죽게 되었다 하고 약을 구해 와라."

"아버지, 무슨 말씀이세요? 그 사람은 아버지 돌아가시길 바라고 있을 텐데, 그 집에서 약을 줄 것 같아요?"

"이런 불효막심한 놈! 당장 가서 물어 보고 오너라."

아들은 아버지의 영이니 어쩔 수 없이 이 정승을 찾아갔어.

"저희 아버지께서 병환이 나셔서 돌아가시게 되었는데 대감께 가서 약을 지어 오라고 하시기에 왔습니다. 제발 비방을 알려 주십시오."

라고 말하자 이 정승이 말하길

"비상砒霜을 석 냥만 달여 먹여라."

하는 거라. 아들은 그 길로 뛰어 넘어와서는 아버지께 고했어.

"아버지, 비상 석 냥을 달여서 잡수시라고 합니다. 그게 아버지 돌아가시라는 거지, 어디 약입니까?"

그러자 김 정승은 두말하지 않고

"당장 달여 오너라"

라고 했지. 아들은 아무리 생각해도 의심스러워서 한 냥쯤만 달여서 드렸어. 그랬더니 아버지가 더 위독해지는 거야. 그래서 다시 이 정승에게 달려가

"더 위독해지셨습니다. 다른 방도가 없겠습니까?"

"석 냥을 다 달여 드렸느냐?"

"아닙니다. 한 냥 정도만 달여 드렸습니다."

"도로 가거라. 이젠 도리가 없다. 너희 아버지는 기름이 많이 차서 비상 석 냥쯤을 먹어야 기름만 씻겨 내려가는 건데. 한 냥만 먹었으니 다 씻겨 내려가지 못했다. 다시 비상을 달여 먹이면 이번엔 정말 창자에 비상이 닿아서 썩을 것이다. 어차피 죽을 터이니 이제 더 볼 것도 없다. 어서 돌아가거라."

그 경황에 아들은 '원수지간이라도 우리 아버지가 죽게 되니

약은 가르쳐 주나 보다' 하고 탄복했어.

그리고 얼마 안 가서 김 정승이 죽게 되었는데, 유언은

"내가 이제 죽게 되었으니 묏자리는 반드시 이 정승더러 봐 달라고 해라"는 거였어.

"네, 그리 하겠습니다."

아버지가 돌아가시자 아들은 다시 이 정승을 찾아갔어.

"아버지가 돌아가시며 산소는 꼭 대감님께 봐 달라고 유언을 하셨으니 부탁드리겠습니다."

"그렇다면 할 수 없지."

그러더니

"십 리 바깥에 아주 큰 들이 있다. 모두 사 들이도록 해라."

아주 큰돈이 드는 일이었지만 정승을 지낸 집안이니 그리 어려운 일도 아니었어. 그래서 이 정승이 시키는 대로 땅을 사들였어. 그 땅은 금시발복今時發福: 어떤 일을 한 뒤 이내 좋은 복을 누리게 됨의 명당자리가 있는 곳이었어. 그곳에 묘를 쓰면 벼락부자가 되는 자리지만 김 정승의 아들이 그 땅을 다 사 버렸으니 그 동네는 완전히 망해 모두 땅을 내놓고 나가게 되고 김 정승의 묏자리로 쓰게 된 거지.

그런데 이 정승은 한 달이 지나고 두 달이 지나도 시신을 묻 자는 말을 하지 않고 세월만 보내는 거야. 송장은 썩어 가고 아

들 속은 타 들어갔지. 석 달째 되는 날 밤에 잠을 자는데 이 정승이 부르는 거야.

"맏상주! 맏상주!"

"왜 그러십니까?"

"무슨 소리가 들리지 않소?"

"예, 들립니다."

"가서 그 사람을 데리고 오시오."

나가 보니 남의집살이를 하는 어떤 사람이 죽은 어머니를 그냥 베보자기에 둘둘 말아서 지게에다 지고는 울면서 가는 거야. 그 사람을 데리고 들어오자 이 정승이 말했어.

"이 사람이 불쌍하지 않소?"

"네, 안됐습니다."

"그러면 상주님이 인심을 좀 쓰셔야겠습니다."

라고 하더니 예전에 사 둔 들과 묏자리를 그 사람에게 주라는 거야. 아들은 어이가 없었지. 큰돈을 주고 묏자리 하나 보고 샀는데 그걸 남에게 주라니. 어이가 없었지만 아버지의 유언이니 어쩔 도리가 없었어. 남의집살이하던 사람은 어머니 묘를 그 자리에 써서 넓은 들을 다 얻게 되었으니 금시발복하게 된 거지.

그러고는 또 그만인 거야. 이 정승은 넉 달이 지나도록 아무 소리가 없었어. 그렇게 여섯 달이 지나고 나서야,

"맏상주는 시신을 짊어지시오."

하는 거야. 이 정승이 길을 잡아 올라가고 김 정승의 아들이
그 뒤를 따라갔지. 그렇게 무턱대고 한없이 올라가는데 하루 종
일을 가서 밤이 되자

"맏상주도 지치고 나도 지쳤으니 여기다 묻읍시다. 가져온 괭
이로 저 칡넝쿨을 걷고 땅을 파시지요."

한참을 파도 별로 깊이 파지를 못했지. 일을 해본 적이 없는
사람인지라 푹푹 파지도 못하고 사부작오부작 관 하나 들어갈
만큼만 겨우 팠어. 그리고 그냥 묻었어. 제대로 봉분도 못하고
어물쩍 어물쩍 둥그렇게 해 놓자 이 정승이 말했어.

"갑시다. 이만하면 됐지, 뭐."

하고서는 터덜터덜 내려간단 말이야. 아들이 이 정승을 따라
내려오다 하도 설움이 복받치고 어이가 없어서 그냥 하염없이
눈물이 났어.

"도저히 안 되겠다. 아버지 산소에 다시 가서 실컷 울기나 하
고 내려가야겠다."

그러고는 다시 올라가서 대성통곡을 하고 우는 거야. 그렇게
실컷 울고 내려오는데 별안간 웬 할머니가 턱 나서더니

"야, 이놈아 내가 묻힐 자리에다 너의 아범을 묻었으니 너는
내 원수다."

하고는 지팡이를 들고 달려드는 거야. 그러니까 별안간 아버지가 나타나더니

"네 이년, 그 자리를 주고 그 많은 땅을 얻어 금시발복하지 않았느냐. 너의 아들이 그 땅하고 이 자리하고 바꿨는데 네가 이 자리를 탐을 내?"

하고는 지팡이를 휘두르자 둘 다 싹 사라지는 거야.

"어떻게 이런 일이! 이상한 일이다. 참으로 이상한 일이야!"

아들이 하도 이상해서 다시 올라가 보니 어디가 어딘지 알 수가 없었어. 아버지를 묻은 묘를 아무리 찾아도 없는 거야. 찾다 찾다 못 찾고서 그냥 내려왔지. 이 정승은 이미 돌아가 버렸으니 달려가 따질 수도 없는 일이었어. 그 뒤로 과거를 못 봐서 벼슬에 나가지 못했던 아들은 마음을 잡고 공부를 해서 영의정까지 되었대. 금시발복의 자리를 주고 바꾼 그 묏자리가 7대 정승이 날 자리였어. 이 정승이 묏자리를 잘 골라 준 거지. 묻히는 자리마다 규정이 있어야 되는데 그 자리는 깊이 묻어도 안 되고 너무 얕게 파서 묻어도 안 되는, 어물쩍 어물쩍 묻어야 하는 자리였어. 그게 다 맞아야 정승자리가 되는 거야. 이 정승은 원수지간이었어도 그렇게 잘 봐준 거지. 이래서 '죽으면 원수가 없다' 그러는 거야. _화성군 봉담면

7-8. 들통곡 날통곡

원님들이 용인의 '양지'陽智라는 곳에 부임을 해 오면 너무 산골이라 들어올 때 울며 들어왔어.

"내가 뭘 잘못했기에 이 산골짜기에다 귀양을 보내나?"

하고 탄식을 하며 들어왔지. 양지로 들어오는 길목에 '쉬웅목'이라는 산모퉁이가 있어. 산이 바짝 꼬부라지고 길이 빼꼼하게 나 있어서 그곳을 들어설 때는 참 막막하거든. 숲만 우거지고 하늘은 빼꼼하게 내다보이는 곳이니 '내가 이런 산골로 귀양을 오는 구나' 하는 생각을 절로 하게 되지.

그런데 그렇게 울며 와서는 한 해, 두 해 살아 보면 기가 막히게 좋은 곳이 또 양지거든. 장작불에 쌀밥 먹는 동네였지. 이번 원님은 풍수를 잘 보는 사람이었어. 몇 해를 살면서 주위를 살펴보니 동천이라는 곳이 있었어. 아담하고 좋은 동네였지만 뒷산에 몹쓸 바위가 있어서 해가 갈수록 남자가 장수를 못하는 거야.

그래서 마을 사람 수백 명을 모아 바위를 묻었어. 그리고 그곳에 떼를 입히고 나무를 심게 했지. 옆으로는 '뱅뱅이 등' 자라고 이름 부르는 등나무를 심었어. 등나무가 자라서 그곳을 푹 가리자 아무것도 보이지 않게 되었어. 원님이 마을 이름을 등촌이라고 하래서 그렇게 불렀어. 그리고 수십 년을 아무 사고 없이 잘 살게 되었지.

이 원님이 다른 곳으로 가게 되었는데 떠나기가 정말 원통하거든. 이렇게 좋은 데를 떠나서 다른 데로 가기가 원통해서 또 울었어. 들어올 때 울고, 나갈 때 울고. 그래서 '들통곡, 날통곡'이라고 한 거래. _용인군 내사면

7-9. 갈궁절을 가려면

안성 공도면의 백운산에 갈궁절이라는 절이 있었어. 하늘에 갈 구랭이^{갈고리}로 매달아 놓았다고 해서 붙여진 이름이지. 어느 날 중국 사신이 하늘에 매달린 절이 있다는 소문을 듣고 이곳을 찾고 있었어. 사실 절 이름이 갈궁절이지 하늘에다 매단 건 아니었어. 조그만 암자 하나에 약수터가 하나 있을 뿐이었지. 마을사람들은 소문만 믿고 찾아 온 중국 사신에게 초라한 갈궁절을 보게 할 수는 없었어. 그 절을 보이는 것은 수치라고 생각했거든. 그래서 사신이 절을 찾지 못하기를 바랐지. 사신을 막기는 막아야 겠는데 방법이 없었어.

드디어 중국에서 사신이 나왔어. 그는 서울에서 평택, 아산을 거쳐 안성의 소새^{공도면 소사리}에 도착했어. 소새 장터를 다니면서 여기저기에 갈궁절이 어디 있는지를 묻고 다녔어.

"갈궁절을 어디로 해서 가는가?"

그러자 논을 갈던 노인이

"예, 갈궁절을 가려면 여기서부터 시작해서 건의 천리로, 파리머리로 용의 머리로 해서 신선의 바위로 올라가면 바로 고 너머요."

라고 가르쳐 주었대. 그게 말은 되는 말이었어. 소새를 지나면 건천리(건의 천리)가 나오고 건천리를 지나면 팔머리(파리머리)가, 거기서 조금 더 가면 용두리(용의 머리)거든. 용두리에 오면 줄바위(신선의 바위)가 있고, 위로 올라가면 절이 하나 있는데 거기가 바로 갈궁절이지. 하지만 중국 사신이 알 턱이 있나. 이렇게 해서 중국 사신이 초라한 갈궁절을 보는 것을 막게 되었대.

_안성군 공도면

7-10. 부처데 고개와 방아못

귀래리 방아못은 화성 정남면에서 오산으로 가는 길목에 있는데 지금은 장마도 많이 지고 비가 오면 물이 불어나 내가 커지게 되었지만 예전에는 조그만 도랑만 있었어. 이 방아못이 생기게 된 얘기야.

어느 돈 많은 사람이 집을 짓고 살았는데 집이 얼마나 크고 좋은지 집안에 방앗간이며 마구간까지 있었어. 그런데 그 주인 영감이 지독한 구두쇠였어. 중이 시주를 하러 오든 얻어먹는 사람이 오든 일전 한푼 주는 법이 없었어.

하루는 한눈에도 영험해 보이는 스님이 와서 시주를 하라고 했어. 그러자 영감이 표주박을 쓱 뺏더니만 두엄을 한 바가지 퍼서 주는 거야. 스님이 두엄을 쏟아 버리고 돌아서는데 그걸 지켜보고 있던 며느리가 쫓아 와서

"어찌 그럴 수가 있습니까?"

하고는 스님의 표주박을 다시 받아서 열두 번을 씻어 깨끗하게 문지른 후에 쌀을 퍼서 시아버지 몰래 시주를 했어. 그러자 스님이 며느리에게 말했어.

"여기 있으면 무슨 일이 날 테니 나를 쫓아오시오."

살림을 잘 하고 살던 사람이 처음 보는 스님을 따라가기가 쉽지는 않았지만 아무리 봐도 보통 스님이 아닌 것 같아 따라 나섰지. 스님은

"부인, 뒤에서 무슨 일이 일어나도 절대 돌아보아서는 안 됩니다."

하고 당부를 했어. 집에서 얼마 되지 않는 언덕을 오르자 갑자기 뇌성벽력이 치고 비가 퍼부어 댔지. 아무래도 자기 집 근처에서 벌어지는 일 같아 두렵고 궁금한 마음에 며느리는 저절로 뒤를 돌아보게 되었어. 그러자 며느리는 그만 돌부처가 되어 버렸어. 이후로 그곳은 '부처대 고개'라고 불리게 되었지. 집이며 방앗간이 있던 자리는 수십 길의 웅덩이가 되어 '방아못'이 되었어. 이 방아못 안에 이무기가 있다는 전설이 있어서 날이 가물어 비가 내리지 않으면 기우제를 지냈다고 해. _화성군 정남면

7-11. 트집 잘 잡는 안성 도기머리

옛날엔 안성 도기동에서 전부 갓을 만들었어. '안성 도기머리 트집 잡는다'라는 말이 있는데 이곳에서는 어딜 가든지 인사가 "아휴 그 양반 트집 잘 잡겠네"였지.

그게 전해져서 천리 바깥을 가도 '안성 도기머리 트집쟁이'라는 말이 있는 거지. 그 트집 잡는다는 말이 생긴 이야기야.

안성 갓은 댓가지를 쪼개서 만들었어. 갓을 만들 때 먼저 일꾼들이 갓 모양을 짜. 그리고 짜 놓은 것들을 붙여서 옻칠을 하지. 특히 끄트머리에 칠을 하면 번쩍번쩍 윤이 나지. 칠을 하고 나면 '칠재이'라는 곳에 칠을 한 갓을 백 개씩 쌓아서 물을 흠뻑 뿜어. 그리고 밑에서 불을 때는 거지. 그러면 떡시루에 김이 오르듯이 물을 흠뻑 머금은 짚에서 김이 오르는 거야. 이 김으로 칠을 말리는 거지. 그렇게 쩌서 이틀 밤을 지낸 후 꺼내 골에 끼우지. 빙빙 돌려 보면 풀로 붙인 것이니 축축한 기운에 떨어지게

돼. 그럴 때 다시 붙여야 하는데 이것을 '트집 잡는다'라고 하지. 갓이 아교풀을 붙여서 만드는 거니까 김이 서려 어그러지고 찌그러지고 붙인 것이 떨어지기도 하는 것을 바로잡아 붙이는 것, 반듯하게 잡아서 원형을 만드는 것을 말하는 거야. 사람이 괜히 남 무슨 일 하는 걸 '트집 잡는다'는 말이 이렇게 나온 거야. _안성군 안성읍